TONY BRUESKI

NÃO LEIA ANTES DE DORMIR

AS 13 MELHORES HISTÓRIAS DE TERROR DO MUNDO

ubook

Publicado mediante acordo com Rockridge Press, Emeryville, Califórnia. Edição original do livro, *The World's Favorite Ghost Stories*, publicada por Rockridge Press.

COPIDESQUE Rowena Esteves
REVISÃO Viviane Nepomuceno e Lígia Alves
DIAGRAMAÇÃO Know-how Desenvolvimento Editorial
PROJETO GRÁFICO Bruno Santos
CAPA Bruno Santos
IMAGEM DE CAPA alfa27 / Adobe Stock

Dados Internacionais de Catalogação na Publicação (CIP)
(Câmara Brasileira do Livro, SP, Brasil)

Não leia antes de dormir : as 13 melhores histórias de terror do mundo / Tony Brueski (org.); tradução UBK Publishing House. -- Rio de Janeiro : Ubook Editora, 2020.
Vários autores.

Título original: The world's favorite ghost stories
ISBN 978-65-5875-064-2

1. Contos - Coletâneas - Literatura 2. Fantasmas 3. Terror I. Brueski, Tony.

20-51150 CDD-808.83

Índices para catálogo sistemático:
1. Contos : Coletâneas : Literatura 808.83
Cibele Maria Dias - Bibliotecária - CRB-8/9427

Ubook Editora S.A
Av. das Américas, 500, Bloco 12, Salas 303/304,
Barra da Tijuca, Rio de janeiro/RJ.
Cep.: 22.640-100
Tel.: (21) 3570-8150

PARA AQUELES QUE SE SENTEM SOZINHOS
EM SUAS VIDAS ASSOMBRADAS:

EMBORA MUITAS HISTÓRIAS NESTE LIVRO
SEJAM FICTÍCIAS, A POSSIBILIDADE
DE EXISTIREM FANTASMAS EM NOSSO
MUNDO É MUITO REAL.
VOCÊ NÃO ESTÁ SOZINHO.

SUMÁRIO

INTRODUÇÃO

As histórias de fantasmas assombram as pessoas ao redor do mundo há séculos. Vários casos de fantasmas foram registrados tanto como fato quanto como ficção; a linha tênue entre os dois muitas vezes não é visível. Desde dar esperança de que existe vida após a morte até impor códigos morais, as histórias de fantasmas na literatura clássica são usadas para confortar, controlar e incutir medo.

A inspiração para as histórias é o que mais me intriga. Para muitos, os encontros com o desconhecido não são ficção. Às vezes eles se dão na forma de um reencontro com um ente querido já falecido ou de um confronto com uma criatura estranha. Mais assustador ainda, nossos demônios interiores podem nos assombrar nos momentos difíceis. Não importa como se manifestam: os encontros paranormais são muito reais para aqueles que os vivenciam. Ouço sobre esses encontros todos os dias em meus podcasts *Real Ghost Stories Online* e *The Grave Talks*.

A necessidade de ser aceito após ter um encontro paranormal é o que, acredito, inspira muitos autores a escreverem suas histórias como "ficção". O estigma e a ridicularização são forças poderosas, e são a resposta provável quando situações sem explicações lógicas são discutidas. Mas a popularidade das histórias de fantasmas me leva a acreditar que cada vez mais as pessoas estão fascinadas por elas, mesmo que estejam relutantes em admitir que possam ser reais.

Sempre acreditei que essas histórias são algo que pode nos unir. Elas podem transcender a cultura e o tempo. Milhões de pessoas em todo o mundo já descreveram eventos que não podem ser explicados, e seus relatos universalmente despertam o desejo de desmistificar o mundo espiritual.

As histórias desta coleção me deixaram (e provavelmente farão o mesmo com você) com mais perguntas do que respostas. A maior e mais urgente delas é a seguinte: quão fictícios são esses contos de encontros fantasmagóricos?

O OUVINTE

Algernon Blackwood

Londres, Inglaterra

1907

4 DE SETEMBRO

Procurei por toda Londres lugares adequados à minha modesta renda e, finalmente, encontrei. Dois cômodos, sem as conveniências modernas, é verdade, e em um edifício velho e decrépito, mas bem pertinho de P — e em uma rua eminentemente respeitável. O aluguel é de apenas 25 libras ao ano. Eu estava começando a me desesperar quando finalmente encontrei este local por acaso. Tive que assinar um contrato de um ano, e o fiz de boa vontade. Os móveis de nossa antiga casa em Hampshire, que ficaram guardados por tanto tempo, serão adequados a ele.

1 DE OUTUBRO

Aqui estou, no espaço destinado a mim na pensão, no centro de Londres, não muito longe dos escritórios dos periódicos, onde ocasionalmente assino um ou dois artigos. O edifício fica no final de um beco sem saída. A viela é bem pavimentada, limpa e dá, principalmente, para os fundos de edifícios de aparência institucional. Há uma sensação de constância. Os pequenos dois cômodos onde fui alocado são dignificados com o título de "aposentos". Sinto que, se um dia a honra for pesada demais para eles, incharão de orgulho e cairão aos pedaços. É tudo muito antigo. O piso da minha sala é irregular e o topo da porta se afasta do teto com uma gloriosa desconsideração pelo que seria habitual. Eles devem ter brigado — há cinquenta anos — e estão separados desde então.

2 DE OUTUBRO

Minha senhoria é velha e magra, com a cara empoeirada e desbotada. Ela é pouco comunicativa. As escassas palavras que pronuncia parecem causar-lhe dor. Provavelmente seus pulmões estão meio sufocados de poeira. Ela mantém meus cômodos o mais livres dessa substância possível, e conta com a ajuda de uma garota forte que traz o café da manhã e acende a lareira. Em resposta aos agradáveis esforços de minha parte, ela me informou brevemente que eu era o único ocupante da casa. Meus cômodos não eram ocupados havia alguns anos. Outros cavalheiros habitavam os andares de cima, mas foram embora.

Ela nunca olha diretamente para mim quando fala, mas fixa seus olhos escuros no botão do meio do meu colete.

8 DE OUTUBRO

A senhoria tem um filho que, segundo ela, é "pau para toda obra". Ele a visita ocasionalmente. Acho que bebe, pois fala muito alto, independentemente da hora do dia ou da noite, e tropeça nos móveis lá embaixo.

Todas as manhãs sento-me para escrever — artigos; versos para os quadrinhos; um romance ao qual tenho "me dedicado" há três anos, para o qual tenho planos; um livro infantil, no qual a imaginação tem rédea solta; e outro livro que vai durar tanto quanto eu, já que é um registro honesto dos avanços e recuos da minha alma na luta da vida. Além destes, mantenho um livro de poemas, que uso como forma de aliviar a tensão, e para o qual não tenho nenhum plano. Durante a tarde, geralmente tento dar um passeio pelo bem da minha saúde, do Regent's Park até Kensington Gardens, ou mais longe, até Hampstead Heath.

10 DE OUTUBRO

Tudo deu errado hoje. Costumo comer dois ovos no café da manhã. Esta manhã, um deles estava ruim. Toquei o sino, chamando Emily. Quando ela chegou, eu estava lendo o jornal e, sem olhar para cima, disse:

— O ovo está ruim.

— Ah, é mesmo, senhor? — disse ela. — Vou pegar outro. — E saiu, carregando o ovo.

Atrasei meu café da manhã esperando seu retorno, que levou cinco minutos. Ela colocou o ovo mais recente sobre a mesa e foi embora. Mas, quando olhei para baixo, vi que havia tirado o ovo bom e deixado o ovo ruim, todo verde e amarelo, na tigela. Chamei-a novamente.

— Você pegou o ovo errado — disse.

— Ah! — exclamou ela.

No devido tempo voltou com o ovo bom, e eu retomei meu café da manhã com dois ovos, mas com menos apetite. Foi tudo muito trivial, com certeza, mas tão estúpido que me senti incomodado. O caráter daquele ovo influenciou tudo o que fiz. Escrevi um artigo ruim, e rasguei-o. Comecei a sentir uma dor de cabeça horrível. Tudo estava ruim, então deixei de lado meu trabalho e fui dar uma longa caminhada. Jantei em um restaurante barato no caminho de volta e cheguei em casa por volta das nove horas. A chuva estava começando a cair quando entrei, e o vento estava aumentando. Prometia ser uma noite daquelas. O beco parecia sinistro e sombrio, e o salão da casa, conforme passei por ele, estava frio como uma tumba. Era a primeira noite tempestuosa que eu vivia em meus novos aposentos. As correntes de ar eram terríveis. Elas entravam cruzadas e se encontravam no meio da sala, formando redemoinhos e correntes frias e silenciosas que quase arrancavam meus cabelos. Preenchi as frestas das janelas com gravatas e meias, e sentei-me perto do fogo para me manter aquecido.

Que truques o vento conseguia fazer naquele lugar antigo! Ele corria pelo beco abandonado como o som de pés de uma multidão apressada que parou de repente à porta. Senti como se muitas pessoas curiosas se amontoassem do lado de fora e estivessem olhando para as minhas janelas. Em seguida fugiam, sussurrando e rindo pela rua, só para voltarem com a próxima rajada de vento, repetindo sua impertinência. Do outro lado do meu quarto, uma única janela quadrada dá numa espécie de poço, de cerca de dois metros de largura até a parede dos fundos da outra casa. Nesta passagem, o vento caiu, soprou e gritou. Ruídos que eu nunca tinha ouvido antes. Era como estar em um navio em alto-mar, e eu estava quase esperando que o chão se elevasse com as ondulações.

12 DE OUTUBRO

Quem me dera não ser tão só e tão pobre. Meus pais estão mortos e minha única irmã está... não exatamente morta, mas casada com um homem muito rico. Eles viajam a maior parte do tempo — ele, para se encontrar, ela, para se perder. Por puro descuido da parte dela, há muito tempo estamos afastados. A porta se fechou quando, após um silêncio absoluto de cinco anos, ela me enviou um cheque de cinquenta libras no Natal. Estava assinado por seu marido! Devolvi-o em mil pedaços e em um envelope não carimbado. Pelo menos eu tive a satisfação de saber que isso lhe custou algo! Ela escreveu-me de volta com uma caneta de pena larga, cobrindo uma página inteira com três linhas: "Você está evidentemente tão descompensado como sempre, rude e ingrato no tratar". Esse sempre foi meu maior terror, que a insanidade da família de meu pai não saltasse uma geração e aparecesse em mim. Este pensamento me assombrava e ela sabia disso. Assim, depois desta pequena troca de civilidades, a porta se fechou para nunca mais se abrir. Ouvi o barulho quando ela bateu, quebrando as paredes do meu coração em muitos pedacinhos de porcelana com seu próprio valor peculiar — porcelana rara, que só precisava de um pouco de atenção.

14 DE OUTUBRO

Meu quarto é dez por dez. Está abaixo do nível da sala da frente, conectado por um degrau. Ambos os cômodos são silenciosos em noites tranquilas, pois não há trânsito no beco abandonado. Apesar dos assobios ocasionais do vento, é uma viela bem abrigada. Em sua extremidade superior, abaixo de minhas janelas, todos os gatos do bairro se reúnem assim que a escuridão aparece. Eles ficam no longo parapeito de uma janela do prédio oposto, e, depois que o carteiro passa, às 21h30, nenhum passo ousa interromper seu sinistro conclave, nenhum passo a não ser o meu, ou às vezes os passos errantes do filho que é "pau para toda obra".

15 DE OUTUBRO

Eram dez horas da noite quando cheguei em casa. Contei nada menos que treze gatos, todos de cor escura, aninhados no beco. Era uma noite fria e as estrelas brilhavam como pontos de gelo em um céu azul-escuro. Os gatos viraram a cabeça e me olharam em silêncio enquanto eu passava. Uma estranha sensação de timidez tomou conta de mim sob o brilho de tantos pares de olhos que não pestanejavam. Enquanto me atrapalhava com a fechadura, eles saltaram silenciosamente e roçaram minhas pernas, como se estivessem ansiosos para poder entrar. Mas eu bati a porta na cara deles e corri rapidamente para cima. A sala, quando parei para procurar meus fósforos, estava fria como um jazigo de pedra, e o ar tinha uma umidade incomum.

17 DE OUTUBRO

Há vários dias estou trabalhando em um artigo pesado que não permite nenhuma margem para descontração. Minha imaginação requer uma rédea prudente; tenho medo de deixá-la solta, pois minha mente nos últimos tempos tem tido pensamentos incomuns, pensamentos que nunca tive antes, sobre medicamentos, drogas e o tratamento de doenças estranhas. Não consigo imaginar de onde eles vêm. Em nenhum momento de minha vida me concentrei em tais ideias que agora sobrecarregam constantemente meu cérebro. Ultimamente não tenho feito exercício, pois o tempo tem estado muito ruim; todas as minhas tardes têm sido passadas na sala de leitura do Museu Britânico.

Fiz uma descoberta desagradável: há ratos na casa. À noite, da minha cama, eu os escuto se arrastando pelo chão irregular do cômodo da frente, e meu sono tem sido bastante perturbado em consequência disso.

23 DE OUTUBRO

A própria sra. Monson veio me visitar e, com rara discursividade, perguntou se eu estava confortável e se estava gostando dos aposentos. Respondi com cautela. Mencionei os ratos. Ela disse que eram camundongos. Falei dos ventos. Ela disse: "Sim, a casa deixa passar correntes de ar." Comentei sobre os gatos, e ela disse que estavam lá desde que se lembrava. Para concluir, me informou que a casa tinha mais de duzentos anos e que o último cavalheiro que ocupara meus aposentos era um pintor.

24 DE OUTUBRO

Ontem à noite, o filho que é "pau para toda obra" veio até à casa. Ele tinha evidentemente bebido, pois ouvi vozes barulhentas e furiosas na cozinha muito depois do horário em que fui para a cama. Em determinado momento, compreendi as palavras singulares subindo até mim pelo chão: "Queimar de cima a baixo é a única coisa que fará bem a esta casa." Bati no chão, e as vozes cessaram repentinamente, embora, mais tarde, tenha ouvido novamente o clamor delas em meus sonhos.

Os cômodos são muito tranquilos, tranquilos demais às vezes. Nas noites sem vento, eles são silenciosos como uma sepultura. O barulho do tráfego de Londres chega até mim apenas em vibrações encobertas e distantes. Às vezes, ele contém uma nota ameaçadora, como um exército que se aproxima, ou uma imensa onda do mar muito distante trovejando durante a noite.

27 DE OUTUBRO

A sra. Monson, embora admiravelmente silenciosa, é uma mulher insensata e agitada. Ela faz cada coisa estúpida. Ao tirar o pó da sala, coloca todas as minhas coisas nos lugares errados. Os cinzeiros, que devem estar sobre a mesa que uso para escrever, ela coloca alinhados na lareira. A bandeja das canetas, que deve estar ao lado do tinteiro, ela esconde inteligentemente entre os livros em minha mesa de leitura. Minhas luvas, organiza de maneira idiota diariamente em uma estante de livros meio cheia, e eu sempre tenho que reordená-las na mesa baixa junto à porta. Ela me exaspera. Às vezes, sinto-me inclinado a jogar o tinteiro nela, apenas para trazer um pouco de expressão a seus olhos lacrimejantes e um guincho àqueles lábios incolores. Caramba! Que expressões violentas estou utilizando! E, no entanto, quase parece que as palavras não eram minhas, mas foram ditas ao meu ouvido — quero dizer, nunca faço uso de tais termos naturalmente.

30 DE OUTUBRO

Estou aqui há um mês. O lugar não combina comigo, eu acho. Minhas dores de cabeça estão mais frequentes e mais fortes, e meus nervos estão uma fonte perpétua de desconforto e aborrecimento.

Desenvolvi uma grande antipatia pela sra. Monson, um sentimento que tenho certeza ser recíproco. De alguma forma, a impressão que tenho frequentemente é a de que há acontecimentos nesta casa dos quais eu nada sei, e que ela tem o cuidado de esconder de mim.

Ontem à noite, seu filho dormiu na casa, e esta manhã, enquanto eu estava de pé à janela, vi-o sair. Ele olhou para cima e chamou minha atenção. Era uma figura grosseira com um rosto singularmente repulsivo, que me deu o benefício de um olhar de canto de olho muito desagradável. Pelo menos, assim eu imaginei. É evidente que estou ficando absurdamente sensível às ninharias, e suponho que sejam meus nervos desordenados que estão influenciando. No Museu Britânico esta tarde notei várias pessoas na mesa de leitores me encarando e observando cada movimento que eu fazia. Sempre que olhava por cima de meus livros, eu encontrava olhos postos sobre mim. Pareceu-me desnecessário e desagradável, e saí mais cedo do que era meu costume. Preciso fazer exercícios com maior regularidade. Ultimamente não tenho feito quase nenhum.

2 DE NOVEMBRO

O silêncio total desta casa está começando a me oprimir. Nenhum passo é dado no andar de cima, tampouco algum passo é dado à frente de minha porta em direção aos lances de escada. Estou começando a sentir certa curiosidade de ver como são os cômodos superiores. Sinto-me solitário e isolado aqui. Certa vez me peguei olhando para os espelhos longos e rachados, tentando ver a luz do sol dançando sob as árvores do pomar, mas somente sombras profundas pareciam se reunir ali e logo desisti.

Tem estado muito escuro o dia todo, e sem nenhum vento. As neblinas já começaram a aparecer.

Nunca vi um policial na viela e os carteiros sempre se apressam em sair sem nenhuma evidência de desejo de perder tempo aqui.

Dez horas da noite. Enquanto escrevo isto, não ouço nenhum som a não ser o murmúrio profundo do tráfego distante e o suspiro baixo do vento. Os dois sons se fundem um no outro. De vez em quando, um gato levanta seu grito estridente e assustador sobre a escuridão. Eles estão sempre embaixo de minhas janelas quando a escuridão cai. É uma noite sombria. Eu me sinto perdido e esquecido.

3 DE NOVEMBRO

Das minhas janelas posso ver as chegadas. Quando alguém chega à porta eu posso ver o chapéu, os ombros e a mão sobre a campainha. Apenas dois companheiros vieram me ver desde que cheguei aqui, há dois meses. Vi ambos da janela antes de chegarem, e ouvi suas vozes perguntando se eu estava em casa. Nenhum deles jamais retornou.

Terminei o pesadíssimo artigo. Ao lê-lo, porém, fiquei insatisfeito e rabisquei com lápis em quase todas as páginas. Havia expressões e ideias estranhas que eu não conseguia explicar, as quais visualizei com surpresa, para não dizer espanto. Elas não pareciam minhas e eu não conseguia me lembrar de tê-las escrito. Será que minha memória está começando a ser afetada?

Minhas canetas nunca estão em um local onde possam ser encontradas. Todo dia aquela velha as coloca em um lugar diferente. Devo dar-lhe o devido crédito por encontrar tantos esconderijos novos; tal engenhosidade é maravilhosa. Eu lhe pedi repetidas vezes que evitasse isso, mas ela sempre diz o mesmo: "Vou falar com Emily, senhor." Emily sempre diz: "Eu direi à sra. Monson." Suas tolices me deixam irritado e atrapalham todos os meus pensamentos. Eu gostaria de enfiar as canetas perdidas nelas e virá-las do avesso, de olhos vendados, para serem arranhadas e maltratadas por aqueles milhares de gatos famintos. Que pensamento horripilante! De onde veio? Nunca pensei nada assim. No entanto, eu senti que tinha que escrevê-lo. Era como uma voz cantando na minha cabeça, e minha caneta não parava até que a última palavra estivesse escrita. Que bobagem ridícula! Devo e vou me conter. Preciso fazer exercícios com mais regularidade; meus nervos e meu fígado me atormentam horrivelmente.

4 DE NOVEMBRO

Assisti a uma palestra curiosa no bairro francês sobre "Morte", mas a sala estava tão quente e eu estava tão cansado que adormeci. A única parte que ouvi, no entanto, tocou minha imaginação de forma viva. Enquanto falavam sobre suicídios, o conferencista disse que a automutilação não era uma fuga das misérias do presente, mas apenas uma preparação para tristezas maiores no futuro. Os suicidas, declarou ele, não podem fugir de suas responsabilidades tão facilmente. Eles precisam retomar a vida exatamente de onde colocaram um fim tão violentamente, mas com a dor e a punição adicional de sua fraqueza. Muitos deles vagueiam pela terra em miséria indescritível até poderem vestir o corpo de outra pessoa — geralmente um lunático ou uma pessoa de mente fraca, que não consegue resistir à obsessão hedionda. Este é o único meio de fuga deles. Eu gostaria de ter dormido o tempo todo e não ter ouvido nada. Minha mente já é bastante mórbida sem tais fantasias horríveis.

Caminhei para casa pela Greek Street, no Soho, e ao subir o beco vi uma luz na janela superior, e uma cabeça e ombros projetados em uma sombra exagerada sobre as persianas. Eu me perguntei o que o filho poderia estar fazendo lá em cima a uma hora dessas.

5 DE NOVEMBRO

Esta manhã, enquanto escrevia, alguém subiu as escadas e bateu cautelosamente à minha porta. Pensei que fosse a senhoria.

— Entre! — disse eu.

A batida foi repetida, e eu gritei mais alto:

— Entre, entre!

Mas ninguém virou a maçaneta, e continuei escrevendo com uma bufada aborrecida.

— Bem, então fique aí fora!

Continuar escrevendo? Eu tentei, mas a fonte de meus pensamentos tinha secado de repente. Não consegui transcrever uma única palavra. Era uma manhã escura, de nevoeiro amarelado, e havia pouca inspiração no ar, mas aquela mulher estúpida que estava do lado de fora da minha porta esperando para ser chamada novamente para entrar despertou um espírito de aborrecimento que encheu a minha cabeça, excluindo tudo o mais. Finalmente eu mesmo levantei num pulo e abri a porta.

— O que você quer, e por que diabos não entra? — gritei.

Mas as palavras caíram no ar vazio. Não havia ninguém lá. A neblina subia a escadaria, preenchendo-a com lufadas amarelas profundas, mas não havia sinal de um ser humano em nenhum lugar.

Bati a porta e voltei ao meu trabalho. Alguns minutos depois, Emily chegou com uma carta.

— Você ou a sra. Monson estavam lá fora há alguns minutos batendo à minha porta?

— Não, senhor.

— Você tem certeza?

— A sra. Monson foi ao mercado, e não há ninguém além de mim na casa, sendo que estive lavando a louça durante a última hora.

Tive a impressão de que o rosto da garota ficou mais pálido. Ela se aproximou da porta, lançando um olhar sobre seu ombro.

— Espere, Emily!

Contei a ela o que tinha ouvido. Ela olhou de uma forma estúpida para mim, embora seus olhos se deslocassem de vez em quando sobre os artigos na sala.

— Então, quem foi? — perguntei quando tinha chegado ao fim.

— A sra. Monson diz que são ratos — afirmou ela, como se repetisse uma lição aprendida.

— Ratos! — exclamei. — Não poderia ser nada disso. Alguém estava parado do lado de fora da minha porta. Quem foi? O filho dela está em casa?

Todo o seu jeito mudou de repente, e seu ar ficou grave, ao invés de evasivo. Parecia estar nervosa, para dizer a verdade.

— Ah, não, senhor. Não há ninguém na casa a não ser você e eu, e não poderia haver ninguém na sua porta. Quanto às batidas... — Ela parou abruptamente, como se tivesse falado demais.

— Bem, e quanto às batidas? — disse, mais gentilmente.

— Claro — gaguejou ela —, os golpes não são ratos, nem os passos, mas então... — Novamente ela se calou completamente.

— Há alguma coisa errada com a casa?

— Senhor, não, senhor. O encanamento é esplêndido!

— Não me refiro aos canos, garota. Quero dizer, alguma coisa de ruim aconteceu aqui? — Ela enrubesceu até as raízes dos cabelos e, de repente, ficou novamente pálida. Estava obviamente em considerável aflição. Algo a deixava ansiosa, mas também a assustava demais para contar. Algo proibido que ela não podia mencionar.

— Não me importo com o que seja, apenas gostaria de saber — disse, encorajadoramente.

Erguendo seus olhos assustados para o meu rosto, ela começou a balbuciar sobre "aquilo que aconteceu determinada vez com o cavalheiro que vivia no andar de cima", quando uma voz estridente chamando seu nome soou abaixo.

— Emily, Emily!

Era a senhoria que havia retornado, e a moça fugiu da conversa como se tivesse sido puxada para trás por uma corda, deixando-me cheio de conjecturas sobre o que diabos poderia ter acontecido a um cavalheiro que morou lá em cima e que, de maneira tão curiosa, poderia afetar meus ouvidos aqui embaixo.

10 DE NOVEMBRO

Fiz um esforço tremendo; terminei o artigo e o encaminhei para a *Review*, além de concluir outro que fora encomendado. Sinto-me bem e alegre, tenho feito exercícios regularmente e dormido bem — sem dores de cabeça, sem nervos à flor da pele, sem raiva! Os comprimidos que o farmacêutico recomendou são maravilhosos. Até a senhoria de cara cinzenta tem despertado piedade em mim; sinto muito por ela: tão desgastada, tão cansada, tão estranhamente montada, assim como a construção. Ela parecia ter sofrido um choque de terror, e estava temendo que outro acontecesse. Quando falei com ela hoje, muito gentilmente, sobre não colocar as canetas no cinzeiro e as luvas no gancho, ela levantou seus olhos fracos para os meus pela primeira vez, e disse com a menção de um sorriso:

— Vou tentar me lembrar, senhor.

Senti-me inclinado a dar-lhe palmadinhas nas costas e dizer:

— Vamos, anime-se e seja feliz. Afinal, a vida não é tão ruim assim.

Fui amigável até mesmo com os gatos. Quando cheguei, às onze horas desta noite, e eles me seguiram em bando até a porta, me abaixei para afagar o mais próximo de mim. Nossa! O bruto resmungou e me bateu com as patas. A garra pegou a minha mão e um arranhão verteu sangue em uma linha fina. Os outros correram para escuridão, gritando, como se eu lhes tivesse feito mal. Acredito que esses gatos realmente me odeiam. Talvez estejam apenas esperando um reforço. Só então me atacarão. Ha, ha! Apesar do aborrecimento momentâneo, subi para meus aposentos rindo desse pensamento.

O fogo estava apagado e a sala parecia mais fria que o normal. Quando me aproximei da lareira para encontrar os fósforos, percebi imediatamente que havia outra pessoa ao meu lado na escuridão. É claro que eu não conseguia enxergar nada, mas meus dedos, tateando ao longo do parapeito, entraram em contato forçado com algo que foi imediatamente retirado. Era frio e úmido. Eu poderia ter jurado que era a mão de alguém. Meu corpo começou a se arrepiar instantaneamente.

— Quem está aí? — exclamei em voz alta.

Minha voz caiu no silêncio como uma pedrinha num poço fundo. Não houve resposta, mas no mesmo momento ouvi alguém se afastando de mim do outro lado da sala na direção da porta. Era uma espécie de passo confuso, e ouvi o som das vestes roçando pelos móveis no caminho. No mesmo instante, minha mão alcançou a caixa de fósforos, e eu risquei um. Esperava ver a sra. Monson, ou Emily, ou talvez o filho que é "pau para toda obra". Mas a chama iluminou uma sala vazia; não havia sinal de outra pessoa em nenhum lugar. Senti os cabelos se arrepiarem em minha nuca e, instintivamente, encostei-me contra a parede, para que algo não se aproximasse de mim por trás. Fiquei nitidamente alarmado. No minuto seguinte, contudo, me recuperei do susto. A porta estava aberta para o vestíbulo, atravessei a sala, não sem alguma inquietação interior, e saí. A luz da sala caía sobre as escadas, mas não havia ninguém para ser visto em nenhum lugar, nem nenhum som de rangido na madeira da escada para indicar uma criatura que partia. Eu estava no ato de me virar para entrar novamente quando um som acima de mim adentrou meus ouvidos. Era um som muito vago, não muito diferente do suspiro do vento; no entanto, não poderia ter sido o vento, pois a noite estava silenciosa como um túmulo. Foi uma vez só, mas resolvi ir ao andar de cima e ver com meus próprios olhos o que estava acontecendo. Dois sentidos haviam sido afetados — o tato e a audição —, e eu não podia acreditar que estava enganado. Então, com uma vela acesa, parti furtivamente em minha viagem desagradável para as regiões superiores daquela casa velha e estranha.

No primeiro patamar havia apenas uma porta, que estava trancada. No segundo, novamente uma única porta, mas, quando girei a maçaneta, ela se abriu. Saiu ao meu encontro o ar frio e mofado característico de uma sala desocupada há muito tempo. Com ele veio um cheiro indescritível. Apesar de fraco, o odor me fez engasgar. Eu nunca havia cheirado nada parecido antes e não posso descrevê-lo. A sala era pequena e quadrada, próxima ao telhado, com o teto inclinado e duas janelas minúsculas. Estava fria como uma sepultura, sem um pedaço de tapete ou um único móvel. A atmosfera gelada e o odor sem nome combinaram-se para tornar o quarto abominável para mim, e, depois de um momento de espera para perceber que não continha armários ou cantos em que uma pessoa pudesse ter se escondido, apressei-me a fechar a porta, e desci novamente para minha cama. Evidentemente eu estava enganado quanto ao ruído.

À noite, tive um sonho tolo, mas muito vívido. Nele, a senhoria e outra pessoa, sombria e não devidamente visível, entravam em meu quarto prostradas no chão, seguidas por uma horda de gatos imensos. Eles me atacaram enquanto eu estava deitado na cama, me assassinaram, e então arrastaram meu corpo para cima e o depositaram no chão daquele pequeno quarto quadrado e frio sob o telhado.

11 DE NOVEMBRO

Desde minha conversa com Emily — aquela que ficou inacabada —, não a vejo mais. A sra. Monson agora atende totalmente aos meus desejos. Como sempre, faz tudo exatamente como eu não gosto que faça; é extremamente irritante. Como pequenas doses de morfina repetidas frequentemente, ela, finalmente, teve um efeito cumulativo.

12 DE NOVEMBRO

Esta manhã acordei cedo e entrei no cômodo da frente para pegar um livro, com a intenção de ler na cama até que chegasse a hora de levantar. Emily estava preparando o fogo.

— Bom dia! — disse eu, alegremente. — O fogo será necessário. Está muito frio.

A garota se virou e me mostrou um rosto surpreendido. Não era Emily de jeito nenhum!

— Onde está Emily? — exclamei.

— Você quer dizer a garota que trabalhava aqui antes de mim?

— Emily foi embora?

— Eu cheguei no dia 6 — respondeu, soturnamente —, e ela já tinha ido embora.

Peguei meu livro e voltei para a cama. Emily deve ter sido mandada embora quase imediatamente após nossa conversa. Esta reflexão não parava de se meter entre mim e a página impressa. Fiquei feliz quando chegou a hora de me levantar. Tal energia de súbito, tal decisão impiedosa, parecia significar algo de importante — para alguém.

13 DE NOVEMBRO

A ferida provocada pela garra do gato inchou e tem me causado aborrecimento e dor. Ela lateja e coça. Receio que meu sangue deva estar em más condições, do contrário já teria sarado a esta altura. Abri a ferida com um canivete embebido em uma solução antisséptica e a limpei completamente. Já ouvi histórias desagradáveis sobre os resultados de ferimentos causados por gatos.

16 DE NOVEMBRO

Esta manhã, acordei e encontrei minhas roupas espalhadas pelo quarto e uma cadeira de palha derrubada ao lado da cama. Além disso, tive sonhos horrivelmente vívidos, nos quais alguém cobrindo o rosto com as mãos não parava de se aproximar de mim, gritando como se estivesse sofrendo. "Onde posso encontrar uma cobertura? Ah, quem vai me vestir?" Uma bobagem, mas me assustou um pouco. Já se passou mais de um ano desde a última vez que andei durante o sono e acordei, em choque, no frio pavimento da Earl's Court Road, onde morava. Pensei que estivesse curado, mas evidentemente não. A descoberta teve um efeito bastante inquietante sobre mim. Esta noite vou recorrer ao velho truque de amarrar meu dedo do pé no pé da cama.

17 DE NOVEMBRO

Ontem à noite, fui novamente perturbado por sonhos ainda mais opressivos. Alguém parecia estar se movendo durante a noite para cima e para baixo em meu quarto, às vezes indo até o cômodo da frente, e depois voltando para ficar ao lado da cama e olhar atentamente para mim. Fui observado por esta pessoa durante toda a noite. Suponho que tenha sido um pesadelo devido à indigestão, pois esta manhã tive uma das minhas velhas dores de cabeça vis. No entanto, todas as minhas roupas estavam no chão quando acordei, onde evidentemente tinham sido atiradas (será que eu as tinha jogado?) durante as horas escuras, e minhas calças se arrastaram por cima do degrau até a sala da frente. O pior de tudo, no entanto — acredito ter notado pela sala, durante a manhã, aquele estranho odor fétido. O que poderia ser?... Daqui em diante vou trancar minha porta.

26 DE NOVEMBRO

Fui muito produtivo no trabalho durante esta última semana, e também consegui fazer exercícios regularmente. Senti-me bem e em um estado de espírito equilibrado. Apenas duas coisas perturbaram minha tranquilidade de espírito. A primeira é trivial em si mesma, e sem dúvida pode ser facilmente explicada. A janela superior onde vi a luz, na noite de 4 de novembro, com a sombra de uma cabeça e ombros largos sobre a persiana, é uma das janelas da sala quadrada sob o telhado. Na realidade, não há nenhuma persiana!

Aqui está a outra coisa: eu estava voltando para casa ontem à noite durante uma nova queda de neve por volta das onze horas, com o guarda-chuva bem próximo de minha cabeça. A meio caminho do beco, onde ninguém tinha pisado na neve, vi as pernas de um homem na minha frente. O guarda-chuva escondeu o resto de sua figura, mas ao levantá-lo vi que ele era alto e largo e estava caminhando, como eu, em direção à porta do meu edifício. Ele estava a menos de um metro à minha frente. Achei que o beco estava vazio quando entrei, porém é possível que eu estivesse enganado.

Uma rajada repentina de vento me obrigou a baixar o guarda-chuva, e quando o levantei novamente, nem meio minuto depois, não havia mais nenhum homem para ser visto. Com mais alguns passos, cheguei à porta. Estava fechada como de costume. Notei então, com uma súbita sensação de consternação, que a superfície da neve recém-caída estava intacta. Minhas próprias marcas de pé eram as únicas que podiam ser vistas em qualquer lugar. Sentindo-me assustado e desconfortável, subi as escadas e fiquei contente em ir para a cama.

28 DE NOVEMBRO

Trancar a porta do meu quarto fez os distúrbios cessarem. Estou convencido de que caminhei durante o sono. Provavelmente desamarrei meu dedo do pé da cama e depois o amarrei novamente. A segurança fantasiosa da porta trancada teria sido suficiente para restaurar o sono ao meu espírito perturbado e permitir que eu descansasse tranquilamente.

Na noite passada, porém, o incômodo foi repentinamente renovado em outra forma mais agressiva. Acordei na escuridão com a impressão de que alguém estava do lado de fora da porta do meu quarto escutando. Embora não houvesse um som indicando movimento ou respiração, estava tão convencido da existência de um ouvinte que me arrastei da cama e me aproximei da porta. Enquanto eu fazia isso, pelo chão, veio um som inconfundível de alguém se retirando furtivamente. No entanto, conforme ouvia, percebi que não era nem a pisada de um homem nem um passo regular, mas sim um tipo confuso de engatinhar, quase como de alguém apoiado nas mãos e nos joelhos. Destravei a porta em menos de um segundo, passei rapidamente pela sala e pude sentir, pelas mais sutis vibrações imagináveis sobre meus nervos, que o lugar em que estava parado tinha sido desocupado exatamente naquele instante! O ouvinte tinha se movido; agora ele estava atrás da outra porta, parado na passagem. No entanto, esta porta também estava fechada. Eu me movi rapidamente, e o mais silenciosamente possível, pelo chão, e virei a maçaneta. Um ar frio me encontrou na passagem, provocando calafrios atrás de calafrios nas minhas costas. Não havia ninguém na entrada; não havia ninguém no pequeno vestíbulo; não havia ninguém descendo as escadas. No entanto, eu tinha sido tão rápido que o ouvinte da meia-noite não podia estar muito longe, e senti que, se eu perseverasse, finalmente ficaria cara a cara com ele. A coragem que veio tão oportunamente para superar meu nervosismo e horror parecia nascer da convicção indesejável de que aquilo era, de alguma forma, necessário para minha segurança, bem como para minha sanidade. Eu precisava encontrar esse intruso e desvendar seu segredo. Não havia sido a ação intencional da mente dele sobre minha própria mente, em um esforço de escuta concentrada, que me despertara com uma percepção tão vívida de sua presença?

Avançando através do estreito vestíbulo, espreitei até o poço da casa. Não havia nada para ser visto; ninguém estava se movendo na escuridão. E como o piso estava frio sob meus pés descalços.

Não sou capaz de dizer o que atraiu meus olhos para cima de repente. Só sei que, sem razão aparente, olhei para cima e vi uma pessoa a meio caminho da próxima curva da escada, inclinada para a frente sobre a balaustrada e olhando diretamente para mim. Era um homem. Ele parecia estar agarrado ao corrimão em vez de estar em pé nas escadas. A escuridão tornava impossível ver muito além do contorno geral, mas a cabeça e os ombros eram aparentemente enormes, e estavam fortemente refletidos contra a claraboia imediatamente acima. Em um momento, me passou pela cabeça a ideia de que eu estava olhando para o rosto de algo monstruoso. O crânio enorme, o cabelo comprido e os ombros largos sugeriam, de uma forma que não parei para analisar, que aquilo era pouco humano. Por alguns segundos, fascinado pelo horror, retribuí o olhar e encarei o rosto escuro e impenetrável acima de mim, sem saber exatamente onde eu estava ou o que estava fazendo.

Percebi, então, com o efeito de uma grande novidade, que estava cara a cara com o ouvinte secreto da meia-noite, e me preparei o melhor que pude para o que estava por vir.

A fonte da coragem precipitada que senti naquele momento terrível sempre será, para mim, um mistério inexplicável. Comecei imediatamente a subir as escadas, e com os primeiros sinais do meu avanço, ele recuou de volta para as sombras e começou a se mover. Retirou-se tão rapidamente quanto eu avancei. Ouvi o som de seus passos arrastados à minha frente, sempre mantendo a mesma distância. Quando cheguei ao vestíbulo, ele estava a meio caminho do próximo lance de escadas, e quando eu estava a meio caminho do próximo lance ele já tinha chegado ao vestíbulo superior. Em seguida, ouvi a criatura abrir a porta e entrar na pequena sala quadrada sob o telhado. Porém, a porta não se fechou imediatamente atrás dele, e o som de seus movimentos cessou por completo.

Neste momento eu ansiava por uma luz, um bastão, ou qualquer coisa que servisse de arma. Não havia nada do tipo por perto, e era impossível voltar atrás a partir daquele ponto. Então, subi as escadas com firmeza e, em menos de um minuto, dei por mim de pé, cara a cara com a porta pela qual a criatura havia acabado de entrar.

Por um momento, hesitei. A porta estava entreaberta, e o ouvinte estava de pé, evidentemente em sua postura favorita, logo atrás dela — ouvindo. Procurá-lo naquele quarto escuro era desesperador; entrar no mesmo pequeno espaço onde ele estava era atroz.

É estranho como, em tais momentos, as coisas triviais se sobrepõem à consciência de uma maneira que as faz parecer importantes e imensas. Algo — pode ter sido um besouro ou um rato — se mexeu sobre as tábuas atrás de mim. A porta se moveu meio centímetro, fechando-se. Meu poder de decisão voltou com uma pressa repentina, por assim dizer, e, empurrando com um pé, chutei a porta de modo que ela balançou bruscamente para trás em toda a sua extensão, permitindo-me caminhar lentamente para a frente na escuridão profunda. Que som estranho e suave meus pés descalços fizeram sobre as tábuas! Como o sangue cantava e zumbia em minha cabeça!

Eu estava lá dentro. A escuridão se fechou sobre mim, escondendo até mesmo as janelas. Comecei a apalpar as paredes em uma busca minuciosa. Para evitar qualquer possibilidade de fuga, primeiramente, fechei a porta.

Lá estávamos nós dois, fechados juntos entre quatro paredes, a poucos metros um do outro. Mas quem ou o que estava aprisionado ali comigo naquele momento? Uma nova luz piscou de repente com um brilho rápido e luminoso — e eu soube que era um tolo, um completo tolo! Estava finalmente acordado e o horror estava evaporando. Meus nervos malditos novamente — um sonho, um pesadelo, e o mesmo resultado de sempre: andar enquanto dormia. Havia um fósforo no bolso do meu pijama, e eu o risquei na parede. A sala estava totalmente vazia. Não tinha nem mesmo uma sombra. Desci rapidamente para a cama, amaldiçoando meus nervos infelizes e meus sonhos tolos e vívidos. Contudo, assim que voltei a dormir, a mesma figura rude de um homem rastejou de volta para a minha cama e, inclinando-se sobre mim com sua imensa cabeça perto do meu ouvido, sussurrou repetidamente em meus sonhos:

— Quero seu corpo, quero sua pele. Estou esperando, e sempre ouvindo.

As palavras eram até um pouco menos bobas do que o sonho.

Mas e quanto àquele cheiro esquisito da sala quadrada? Notei-o novamente, mais forte do que nunca, e parecia estar também no meu quarto quando acordei esta manhã.

30 DE NOVEMBRO

O correio de hoje cedo me trouxe uma carta de Aden, encaminhada de meus antigos aposentos em Earl's Court. Era de Chapter, meu ex-colega da Trinity, que estava a caminho de casa depois de uma temporada fora e queria saber meu endereço atual. Respondi-lhe no hotel que ele mencionou.

Esta manhã, enquanto eu estava ocupado escrevendo, o som dos passos que vinham pelo beco me encheu com uma sensação alarmante que eu não conseguia explicar de forma alguma. Fui até a janela e vi um homem de pé, lá embaixo, esperando que a porta fosse aberta. Seus ombros eram largos, seu chapéu brilhava e seu sobretudo se alinhava belamente ao redor do colarinho. A porta foi logo aberta, e o choque em meus nervos foi inconfundível quando ouvi a voz do homem dizer quem estava procurando e perguntar:

— Ele ainda mora aqui? — disse, referindo-se a mim.

Não consegui entender a resposta, mas só poderia ter sido afirmativa, pois o homem entrou no salão e a porta se fechou atrás dele. No entanto, esperei em vão pelo som de seus passos nos degraus da escada. Não houve som de nenhum tipo. Pareceu-me tão estranho que abri a porta e olhei para fora. Ninguém estava em nenhum lugar visível aos olhos. Atravessei o vestíbulo estreito e olhei através da janela que dá para toda a extensão da viela. Não havia sinais de ninguém, vindo ou indo. Depois desci deliberadamente para a cozinha e perguntei à senhoria de cara cinzenta se um cavalheiro tinha perguntado por mim.

A resposta foi dada com um sorriso estranho e cansado:

— Não!

1 DE DEZEMBRO

Sinto-me verdadeiramente alarmado e inquieto com o estado dos meus nervos. Sonhos são sonhos, mas nunca sonhei em plena luz do dia.

Estou muito ansioso pela chegada de Chapter. Ele é um companheiro incrível, vigoroso, saudável, sem problemas de nervos e ainda menos de imaginação; sempre riu do que chama de minhas "fantasias", sendo ele mesmo possuidor apenas daquela qualidade de imaginação superficial, sempre associada ao homem de mente prosaica. No entanto, quando alvo de zombaria por essa evidente carência, sua ira é profundamente agitada. Sua psicologia é a do materialista crasso — sempre alguém muito interessante. Ainda assim, ouvir o juízo frio que sua mente terá sobre a história desta casa, que terei que contar, me dará um alívio genuíno.

2 DE DEZEMBRO

À parte mais estranha de tudo isso não me referi neste breve diário. Verdade seja dita, tenho tido medo de colocá-la por escrito. Mantive-a no fundo de meus pensamentos, impedindo-a, na medida do possível, de tomar forma. Apesar dos meus esforços, no entanto, ela continuou a se fortalecer.

Agora que estou encarando este assunto diretamente, é mais difícil expressá-lo do que eu imaginava. Como uma melodia meio lembrada que surge na mente, mas desaparece no momento em que você tenta cantá-la, estes pensamentos formam um grupo no fundo da minha consciência, atrás da minha mente, por assim dizer, e se recusam a se apresentar. Nestes cômodos, exceto quando minha mente está fortemente concentrada em meu trabalho, vejo-me de repente lidando com pensamentos e ideias que não são meus! Concepções novas e estranhas, totalmente inusitadas ao meu temperamento, crescem em minha cabeça. O conteúdo em si dessas ocorrências não tem importância especial. A questão é que tais ideias estão totalmente separadas do canal em que meus pensamentos estavam acostumados a fluir. Acontece especialmente quando minha mente está em repouso, desocupada; quando estou sonhando com o fogo ou sentado com um livro que não me prende a atenção. Então, estes pensamentos que não são meus ganham vida e me fazem sentir extremamente desconfortável. Às vezes eles são tão fortes que quase sinto como se alguém estivesse na sala ao meu lado, pensando em voz alta.

Outra coisa estranha surgiu em minha mente, mas apenas duas vezes em todas estas semanas. Ela me aterroriza. É a consciência da propensão de alguma doença mortal e odiosa. Essa ideia toma conta de mim como uma onda de febre, e depois passa, deixando-me com frio e tremendo. O ar parece, por alguns segundos, ficar sujo. Tão penetrante e convincente é o pensamento desta doença que em ambas as ocasiões meu cérebro ficou momentaneamente atordoado, minha mente lançando todos os nomes sinistros de todas as doenças perigosas que conheço como chamas vivas. Não tenho como explicar esses pensamentos, mas sei que não há como sonhar com a pele úmida e o coração palpitante que eles sempre deixam como testemunhas de sua breve visita.

O momento em que estive mais fortemente consciente da proximidade de uma doença mortal foi quando, na noite do dia 28, subi as escadas em busca do ouvinte. Quando estávamos fechados juntos, naquela pequena sala quadrada sob o telhado, senti que estava cara a cara com a essência real desta doença invisível e maligna. Tal sentimento nunca tinha entrado em meu coração antes, e rezo a Deus para que nunca mais volte a entrar.

Pronto, confessei! Dei algum contorno aos sentimentos que até agora tenho tido medo de ver em meus próprios escritos. Pois — como não posso mais me enganar — as experiências daquela noite (28) não foram mais um sonho do que o café da manhã que tomo todos os dias; e a escrita trivial neste diário, através da qual procurei explicar uma ocorrência que me causou um horror indizível, foi devida apenas ao meu desejo de não reconhecer em palavras o que eu realmente sinto e acredito serem verdades. O aumento de meu horror ao fazer isso poderia ter sido mais do que eu poderia suportar.

3 DE DEZEMBRO

Quem me dera Chapter chegasse. Meus fatos já estão reunidos, e posso ver seus olhos frios e cinzentos fixados incredulamente em meu rosto enquanto explico os acontecimentos a ele: a batida à minha porta, o visitante bem-vestido, a luz na janela superior e a sombra sobre a persiana, o homem que me precedeu na neve, a dispersão de minhas roupas à noite, a confissão que Emily não completou, as reticências suspeitas da senhoria, o ouvinte da meia-noite nas escadas, aquelas terríveis palavras subsequentes em meu sono e, acima de tudo, e mais difícil de dizer, a sensação de uma doença abominável, e a corrente de pensamentos e ideias que não são meus.

5 DE DEZEMBRO

Desde o incidente com o ouvinte tenho mantido uma luz noturna acesa em meu quarto, e meu sono não tem sido perturbado. Na noite passada, no entanto, fui submetido a um incômodo muito pior. Acordei de repente, e vi um homem em frente à penteadeira, olhando-se no espelho. A porta estava trancada, como sempre. Soube imediatamente que era o ouvinte, e o sangue se transformou em gelo em minhas veias. Uma onda de horror e pavor me varreu de tal forma que enrijeci na cama e não conseguia me mover nem falar. Observei, no entanto, que o odor que tanto abominava era forte no quarto.

O homem parecia ser alto e largo. Ele estava se inclinando na frente do espelho. Suas costas estavam voltadas para mim, mas no vidro vi o reflexo de uma cabeça e rosto enormes iluminados pela cintilação da luz da noite. O tom cinzento espectral do início da manhã, despontando nas bordas das cortinas, concedeu um horror adicional ao quadro, pois caiu sobre os cabelos claros e compridos, pendurados soltos em torno de um rosto cujos traços inchados e rugosos carregavam uma expressão felina, que nunca irei esquecer, de — eu não ouso escrever essa palavra horrível. Mas, a título de prova corroborativa, vi na leve mistura das duas luzes que havia várias manchas bronze nas bochechas, que o homem evidentemente examinava com muito cuidado no espelho. Os lábios eram pálidos, muito grossos e grandes. Uma mão eu não podia ver, mas a outra descansava no cabo da minha escova de cabelo.

Seus músculos estavam estranhamente contraídos, os dedos eram finos e as costas da mão eram enrugadas. Era como uma grande aranha cinza prestes a saltar ou como a garra de um grande pássaro.

A plena compreensão de que eu estava sozinho no quarto com esta criatura sem nome, quase ao alcance de seu braço, me perturbou a tal ponto que, quando ele se virou de repente e me olhou com seus olhos pequenos, totalmente desproporcionais à grandeza de sua constituição maciça, saltei como uma mola na cama, proferi um forte grito e depois desfaleci, em um desmaio de terror.

Quando acordei esta manhã, a primeira coisa que notei foi que minhas roupas estavam espalhadas por todo o chão. É difícil organizar meus pensamentos, e tenho acessos repentinos de tremores violentos. Determinei que iria imediatamente ao hotel de Chapter e descobriria quando ele iria chegar. Não posso me referir ao que aconteceu à noite; foi horrível demais, e tenho que manter meus pensamentos rigorosamente afastados disso. Sinto-me tonto e esquisito, não consegui tomar o café da manhã e vomitei duas vezes com sangue. Enquanto me vestia para sair, uma carruagem se aproximou ruidosamente sobre as pedras, e um minuto depois a porta se abriu. Para minha grande alegria, o próprio objeto de meus pensamentos apareceu.

A visão de seu rosto forte e olhos calmos teve um efeito imediato sobre mim, e fiquei mais tranquilo novamente. Seu próprio aperto de mão era uma espécie de tônico. Mas, enquanto escutava ansiosamente os tons profundos de sua voz tranquilizadora e as visões da noite se acalmavam um pouco, comecei a perceber como seria difícil contar a ele minha história selvagem e intangível. Alguns homens irradiam um vigor animal que destrói a delicada trama de uma visão e impede efetivamente sua reconstrução. Chapter era um desses homens.

Falamos dos incidentes que tinham preenchido o intervalo desde a última vez que nos encontramos, e ele me contou um pouco sobre suas viagens. Porém, minha mente estava tão cheia das coisas horríveis que tinha para contar que fui um mau interlocutor. Fiquei atento a cada oportunidade de interrompê-lo e começar a desabafar.

Depois de um tempo, no entanto, percebi que ele também estava se contendo. Também tinha algo de importância no fundo de sua mente, algo pesado demais para expor antes do momento certo. Assim que me dei conta disso, resolvi ceder. Renunciei naquele momento ao propósito de contar minha história e tive a satisfação de ver que sua mente, liberada das minhas restrições, começou imediatamente a se preparar para a revelação de seu importante fardo. A conversa crescia cada vez menos; o interesse diminuía; as descrições de suas viagens tornavam-se cada vez menos vivas. Havia pausas entre suas sentenças, que iam crescendo cada vez mais. Então, o interesse cessou por completo e se apagou como uma vela ao vento. Sua voz calou e ele olhou diretamente para o meu rosto com olhos sérios e ansiosos.

O momento conveniente tinha finalmente chegado!

— Então... — começou ele, e depois parou.

Fiz um gesto inconsciente de encorajamento, mas não disse uma palavra. Temia excessivamente a divulgação iminente. Uma sombra escura parecia precedê-la.

— Então — disse ele finalmente —, por que diabos veio parar neste lugar, nestes aposentos, quero dizer?

— São baratos, pelo menos — comecei —, estão no centro e...

— Eles são baratos demais — interrompeu ele. — Você não questionou o que os tornou tão baratos?

— Isso não me ocorreu na época. — Houve uma pausa na qual ele evitou meus olhos. — Pelo amor de Deus, vá em frente, homem, diga! — supliquei, pois o suspense estava se tornando mais do que eu podia suportar em meu estado de nervos.

— Foi aqui que Blount viveu — disse ele, silenciosamente —, e onde morreu. Sabe, antigamente eu costumava vir aqui muitas vezes para vê-lo, e fazer o que podia para aliviar sua... — Ele se calou novamente.

— Nossa! — disse, com um grande esforço. — Por favor, desembuche.

— Porém — continuou Chapter, virando o rosto para a janela com um arrepio perceptível —, ele finalmente ficou tão mal que eu simplesmente não conseguia suportar, embora sempre achasse que podia suportar qualquer coisa. Aquilo mexeu comigo, invadiu meus pensamentos e me assombrou dia e noite.

Olhei para ele e não disse nada. Ao mesmo tempo estava tremendo e minha boca tinha ficado estranhamente seca.

— Esta é a primeira vez que voltei aqui desde então — disse ele, quase em um sussurro — e, acredite em mim, isso me dá arrepios. Juro que não é um local apropriado para um homem viver. Nunca te vi tão mal, meu velho.

Chapter estremeceu e abotoou seu sobretudo até o pescoço. Depois falou em voz baixa, olhando ocasionalmente sobre os ombros como se pensasse que alguém estava ouvindo. Eu também poderia ter jurado que outra pessoa estava na sala conosco.

— Ele mesmo o fez, você sabe, e ninguém o culpou; seus sofrimentos eram terríveis. Ao longo dos últimos dois anos ele costumava usar um véu quando saía, e mesmo assim estava sempre em uma carruagem fechada. Até mesmo o enfermeiro que havia cuidado dele por tanto tempo foi obrigado a partir. As extremidades de ambos os membros inferiores tinham desaparecido, caído, e ele se movia no chão de quatro, com uma espécie de movimento rastejante. O cheiro, também, era...

Fui obrigado a interrompê-lo. Não consegui ouvir mais detalhes daquilo. Minha pele estava úmida, sentia calor e frio alternadamente, finalmente eu estava começando a entender.

— Coitado — continuou Chapter. — Eu costumava manter meus olhos fechados o máximo possível. Ele sempre pedia para tirar o véu e perguntava se eu me importaria muito. Eu costumava ficar de pé junto à janela aberta. Ele nunca me tocou, no entanto. Alugou a casa toda. Nada o faria deixá-la.

— Ele ocupou estes mesmos cômodos?

— Não. Ele ficava no último andar, no cômodo sob o telhado. Preferiu aquele porque era escuro. Estas salas estavam muito próximas do chão, e ele tinha medo que as pessoas o vissem passando pelas janelas. Uma multidão costumava segui-lo até a porta, e depois ficava embaixo das janelas na esperança de vislumbrar seu rosto.

— Mas havia hospitais.

— Ele nem chegava perto deles e eles não gostavam de forçá-lo. Sabe, dizem que não é contagioso, de modo que não havia nada que o impedisse de ficar aqui se ele quisesse. Passou todo tempo lendo livros médicos, sobre drogas e assim por diante. Sua cabeça e rosto eram terríveis, como de um leão.

Levantei a mão para interromper a descrição. Chapter acrescentou:

— Ele era um fardo para o mundo, e sabia disso. Uma noite, suponho que percebeu que estava muito mal para ter vontade de viver. Ele tinha acesso livre às drogas... e pela manhã foi encontrado morto no chão. Aconteceu há dois anos, e disseram que, não fosse isso, ainda teria vivido vários anos de vida.

— Então, pelo amor de Deus! — supliquei, incapaz de suportar mais o suspense —, diga-me o que ele tinha, e seja rápido sobre isso.

— Eu pensei que você soubesse — exclamou ele, com verdadeira surpresa. — Pensei que soubesse!

Ele se inclinou para a frente e nossos olhos se encontraram. Em um sussurro pouco audível, peguei as palavras que seus lábios pareciam com medo de pronunciar:

— Ele tinha lepra!

APENAS UM SONHO

H. Rider Haggard

África do Sul

1912

Pegadas... pegadas... as pegadas da morte. Como são horripilantes enquanto passam diante de mim! Para cima e para baixo no longo corredor elas seguem, e eu as sigo. *Plec, plec*, elas fazem por aqueles degraus, e por baixo deles deixam aquela horrível impressão. Eu posso vê-las surgindo sobre o mármore, uma coisa úmida e horrível.

Pise nelas; pise nelas; siga-as com sapatos lamacentos, e cubra-as. Em vão. Veja como elas se elevam através da lama! Quem pode pisar nas pegadas dos mortos?

E assim por diante, para cima e para baixo, a vista sombria do passado, seguindo o som dos pés dos mortos que vagueiam tão inquietos, marcando a impressão que não será marcada. Vagueie, vento selvagem, voz eterna da miséria humana; caiam, passos mortos, um eco eterno da memória humana; estampado no esquecimento que não será esquecido.

E assim por diante, até o final.

São ideias bonitas para um homem prestes a se casar, especialmente quando flutuam em seu cérebro à noite como nuvens sinistras em um céu de verão, e ele se casará amanhã. Não há nada de errado quanto a isso — o casamento, quero dizer. Para ser sincero, os presentes ou alguns deles já estão aqui, e são presentes muito bonitos; estão dispostos em filas solenes sobre a longa mesa. É uma coisa notável observar que, quando se está prestes a ter um casamento realmente satisfatório, dezenas de amigos inesperados ou esquecidos surgem, enviando pequenos sinais de sua estima. Foi bem diferente quando me casei com minha primeira esposa, eu me lembro, mas aquela vez não foi satisfatória — apenas um amor correspondido, nada além disso.

Ali estão eles em filas solenes, como já mencionei, e me inspiram belos pensamentos sobre a bondade inata da natureza humana, especialmente a natureza humana de nossos primos distantes. É possível ficar inspirado poeticamente diante de um simples bule de chá de prata quando se vai casar no dia seguinte. Em quantas manhãs serei confrontado com esse bule de chá? Provavelmente por toda a minha Vida; e ao lado do bule estará o pote de creme, e a urna galvânica estará atrás dos dois. Além disso, o pote de açúcar estará na frente, cheio, e atrás de tudo estará minha segunda esposa.

— Meu querido — dirá ela —, aceita outra xícara de chá? — E provavelmente eu aceitarei.

Bem, é curioso notar quais ideias entram na cabeça de um homem às vezes. Ocasionalmente, algo acena uma varinha mágica sobre seu ser, e, dos recessos de sua alma, coisas obscuras surgem e caminham. Elas chegam em momentos inesperados, e tornam o homem consciente dos problemas de sua misteriosa Vida, e seu coração balança e treme como uma árvore atingida por um raio. Naquela luz sombria, todas as coisas terrenas parecem distantes, e todas as coisas invisíveis se aproximam e tomam forma, espantando-o, e ele não sabe o que é verdadeiro e o que é falso, nem pode traçar os limites que separam o Espírito da Vida. Tudo isso é ecoado pelos passos, e as pegadas fantasmagóricas não serão apagadas.

Pensamentos bonitos de novo! E como eles são persistentes! É uma hora da manhã, e irei para a cama. A chuva está caindo do lado de fora. Posso ouvi-la chicoteando contra os vidros das janelas, e o vento chora através dos altos olmos molhados no fim do jardim. Conheço o som desses olmos em qualquer lugar; conheço-o tão bem quanto a voz de um amigo. Que noite! Às vezes elas são assim nesta parte da Inglaterra em outubro. Foi numa noite assim que minha primeira esposa morreu, e isso foi há três anos. Lembro-me de como se sentou em sua cama.

— Ah! Aqueles olmos horríveis — disse ela —, gostaria que você os cortasse, Frank. Eles choram como uma mulher.

E eu disse que o faria, e logo depois disso ela morreu. Pobrezinha. E assim os velhos olmos ficaram, e eu gosto de seus ruídos. É uma coisa estranha; eu estava com o coração meio partido, pois a amava muito, e ela me amava com toda sua vida e força, e agora vou me casar novamente.

— Frank, Frank, não se esqueça de mim!

Essas foram as últimas palavras de minha esposa; e, de fato, embora eu vá me casar novamente amanhã, não a esqueci.

Também não esquecerei como Annie Guthrie (com quem vou me casar agora) veio vê-la na véspera de sua morte. Eu sei que Annie sempre gostou um pouco de mim, e acho que minha querida esposa sabia. Depois de ter beijado Annie, despedindo-se, e de a porta ter se fechado, ela falou de repente:

— Lá se vai sua futura esposa, Frank — disse. — Você deveria ter casado com ela desde o início, em vez de mim. Ela é muito bonita e muito boa, e recebe dois mil por ano. Ela nunca teria morrido de uma doença nervosa. — Riu um pouco, e depois acrescentou: — Ah, Frank, querido, será que você vai pensar em mim antes de se casar com Annie Guthrie? Onde quer que eu esteja, estarei pensando em você.

Agora chegou o momento que ela previu, e Deus sabe que eu pensei nela, pobre querida. Ah! Aqueles passos de uma morte que ecoarão por nossas vidas, aquelas pegadas de mulher no piso de mármore, que não serão apagadas. A maioria de nós já as ouviu e viu em algum momento ou outro, e eu as ouço e vejo muito claramente esta noite. Pobre esposa falecida. Será que há alguma porta por onde você tenha passado pela qual possa rastejar para me espiar hoje à noite? Espero que não haja nenhuma. A morte deve realmente ser um inferno se os mortos puderem ver, sentir e mensurar a falta de fé esquecida de seus amados.

Bem, irei para a cama e tentarei descansar um pouco. Não sou tão jovem nem tão forte como era, e este casamento está me desgastando. Gostaria que tudo isso já tivesse acabado ou nunca tivesse iniciado.

O que foi isso? Não foi o vento, pois ele nunca faz esse som, e não foi a chuva, pois ela parou de cair por um momento; nem foi o uivo de um cão, pois não tenho nenhum. Foi mais como o lamento da voz de uma mulher; mas que mulher pode estar lá fora em uma noite ou hora dessas — uma e meia da manhã?

Lá está novamente — um som horrível; faz o sangue gelar, mas há algo de familiar sobre ele. É a voz de uma mulher chamando ao redor da casa. Lá. Ela está na janela agora, balançando-a, e, Deus do céu! Ela está me chamando.

— Frank! Frank! Frank! — chama.

Eu me esforço para abrir aquela janela, mas, antes que que eu consiga, a mulher já está batendo e chamando em outra.

Foi-se novamente, com seu terrível lamento: "Frank! Frank!" Agora eu a ouço na porta da entrada e, meio desequilibrado, com um medo horrível, corro pelo longo e escuro salão e a destranco. Não há nada ali, a não ser o vento e o gotejamento da chuva que ficou no pórtico. Mas ouço a voz de lamentação que passa pela casa, além dos arbustos. Eu fecho a porta e escuto. Lá. Ela atravessou o pequeno quintal e está agora na porta dos fundos. Seja quem for, deve conhecer o caminho da casa. Cruzo o salão novamente, por uma porta basculante, pelo salão dos criados, descendo alguns degraus até a cozinha, onde as brasas do fogo ainda estão vivas na grelha, difundindo um pouco de calor e luz para a escuridão densa.

Quem quer que esteja à porta está batendo agora com a mão cerrada contra a madeira dura, e é incrível, embora bata tão baixo, como o som ecoa através da cozinha vazia.

Aqui estou, hesitando, tremendo em cada membro; não me atrevo a abrir a porta. Nenhuma palavra minha pode transmitir a sensação de total desolação que me domina. Eu me sinto o único homem vivo no mundo inteiro.

— Frank! Frank! — grita a voz com um horrível tom familiar. — Abra a porta; estou com tanto frio. Eu tenho tão pouco tempo.

Meu coração parou e, no entanto, minhas mãos foram obrigadas a obedecer. Lentamente, levantei o trinco e desobstruí a porta e, ao fazê-lo, uma grande corrente de ar arrancou-a de minhas mãos, escancarando-a. As nuvens negras tinham se espaçado, e havia um pedaço de céu azul, lavado pela chuva, com apenas uma estrela ou duas brilhando. Por um momento só pude ver este pedaço de céu, mas, aos poucos, percebi o contorno conhecido das grandes árvores balançando furiosamente contra ele, e a linha rígida da cimalha do muro do jardim abaixo delas. Então, uma folha rodopiante me acertou no rosto, e instintivamente abaixei os olhos, pousando em algo que ainda não conseguia distinguir — algo pequeno, preto e molhado.

— O que é você? — oscilei.

De alguma forma parecia sentir que não era uma pessoa; eu não podia dizer: "Quem é você?"

— Você não me conhece? — lamentou a voz, com um tom familiar distante. — Não posso entrar e me mostrar. Não tenho tempo para isso. Você demorou tanto para abrir a porta, Frank. E eu estou com tanto frio. Ah, estou congelando! Olhe, a lua está saindo, e você poderá me ver. Suponho que você anseie por me ver, como eu ansiava por vê-lo.

Enquanto a figura falava, ou melhor, lamentava, um raio de lua lutava através do ar aquoso e caía sobre ela. Era baixa e encolhida, a figura de uma mulher minúscula. Além disso, estava vestida de preto e usava uma cobertura negra sobre toda a cabeça, cobrindo-a como um véu nupcial. De cada parte deste véu e vestido, a água pingava pesadamente.

A figura carregava uma pequena cesta no braço esquerdo, e sua mão — uma mãozinha tão magra — reluzia pálida ao luar. Notei que no terceiro dedo havia uma linha vermelha, mostrando que um anel de casamento outrora estivera lá. A outra mão estava esticada em minha direção como se fizesse um pedido.

Vi tudo isso em um instante, por assim dizer, e, quando a vi, o horror pareceu me agarrar pela garganta como se fosse um ser vivo, pois, da mesma maneira que a voz tinha sido familiar, a forma também era, embora o pátio da igreja a tivesse recebido muitos anos atrás. Eu não podia falar, nem sequer podia me mover.

— Ah, você ainda não me conhece? — lamentou a voz. — Eu vim de tão longe para ver você, e não posso parar. Olhe, olhe...

E, com sua pobre mão fina, ela começou a arrancar desesperadamente o véu negro que a envolvia. Por fim, ele saiu, e, como em um sonho, vi o que de alguma maneira eu já esperava ver, o rosto branco e os cabelos amarelos pálidos de minha falecida esposa. Incapaz de falar ou de me mexer, eu olhava e olhava. Não havia engano, era ela, como eu a tinha visto pela última vez, branca com a palidez da morte, com círculos roxos ao redor de seus olhos e a roupa da sepultura ainda sob seu queixo. Mas dessa vez seus olhos estavam bem abertos e fixos em meu rosto, com uma mecha de cabelo amarelo macio que havia se soltado sendo balançada pelo vento.

— Você me reconhece agora, Frank. Não é verdade, Frank? Foi tão difícil vir ver você, e tão frio! Mas você vai se casar amanhã, Frank; e eu prometi, há tanto tempo, pensar em você quando se cassasse, onde quer que eu estivesse, e cumpri minha promessa. Vim de onde estava e trouxe um presente comigo. Foi amargo morrer tão jovem! Eu era tão jovem para morrer e deixá-lo, mas tive que ir. Pegue-o, pegue-o; seja rápido, não posso ficar mais tempo. Eu não podia lhe dar minha vida, Frank, então lhe trouxe minha morte, pegue-a!

A figura empurrou a cesta em minhas mãos, e, ao fazê-lo, a chuva voltou e começou a obscurecer a luz da lua.

— Tenho que ir, tenho que ir — continuou a voz horrível e familiar, em um grito de desespero — Ah, por que demorou tanto para abrir a porta? Eu queria falar com você antes de se casar com Annie, e agora nunca mais vou vê-lo novamente, nunca mais! Nunca! Nunca! Eu te perdi para sempre! Sempre! Sempre!

Quando as últimas notas de lamentação desapareceram, o vento desceu com uma corrente e um turbilhão, com a força de mil asas, me jogou de volta para dentro de casa, fechando a porta com um estrondo atrás de mim.

Entrei na cozinha, com a cesta em mãos, e a coloquei sobre a mesa. Logo em seguida, algumas brasas do fogo caíram, e uma pequena chama brilhou sobre os pratos reluzentes no móvel, revelando um castiçal de lata, com uma caixa de fósforos junto a ele. Eu estava quase louco com a escuridão e o medo, e, aproveitando os fósforos, risquei um, e o levei à vela. Finalmente, quando a vela acendeu, dei uma olhada pela sala. Estava como de costume, assim como os criados a deixaram, e acima da lareira o relógio de corda rodava solenemente. Enquanto olhava para ele, me senti agradecido por seu som amigável.

Depois olhei para a cesta. Era de um trabalho muito fino, trançada, branca com faixas pretas, e uma alça preta e branca axadrezada. Eu a conhecia bem. Nunca vi outra como ela.

Comprei-a há anos na Ilha da Madeira e dei de presente à minha pobre esposa.

Até onde eu sabia, ela fora jogada ao mar em um vendaval no Canal da Irlanda. Lembro que estava cheia de jornais e livros da biblioteca, e tive que pagar por eles. Muitas e muitas foram as vezes em que vi aquela cesta idêntica ali naquela mesma mesa da cozinha, pois minha querida esposa sempre a usava para colocar flores, e a forma mais rápida para chegar à parte do jardim onde suas rosas cresciam era através da cozinha. Ela costumava colher as flores e depois entrava e colocava sua cesta sobre a mesa, exatamente onde está, e pedia o jantar.

Tudo isso passou por minha mente em poucos segundos enquanto eu estava ali com a vela na mão, sentindo-me de fato meio morto, e ainda com a mente dolorosamente viva. Comecei a me perguntar se tinha adormecido, e se tinha sido vítima de um pesadelo. Não era o caso. Quem me dera tivesse sido apenas um pesadelo. Um rato passou correndo ao longo da mesa e saltou para o chão, fazendo um grande estrondo no silêncio.

O que estava na cesta? Tive medo de olhar, e, ainda assim, algum poder dentro de mim me forçou a isso. Aproximei-me da mesa e fiquei de pé por um momento ouvindo o som do meu próprio coração. Então, estendi a mão e levantei lentamente a tampa da cesta.

"Não pude lhe dar minha vida, por isso lhe trouxe minha morte!", estas foram suas palavras. O que ela poderia estar dizendo — o que tudo isso poderia significar? Preciso saber, ou enlouquecerei. Lá estava, seja o que fosse, embrulhado em linho.

Ah, Deus, me ajude! Era um pequeno crânio humano descolorido!

Um sonho! Afinal, apenas um sonho junto ao fogo, mas que sonho!

E eu vou me casar amanhã.

Posso me casar amanhã?

A ESTRADA AO LUAR

Ambrose Bierce

Sul dos Estados Unidos

1907

1. DECLARAÇÃO DE JOEL HETMAN JR.

Sou o mais infeliz dos homens. Rico, respeitado, muito bem-educado e de boa saúde — com muitas outras vantagens geralmente valorizadas por aqueles que as têm e cobiçadas por aqueles que não as têm —, às vezes penso que seria menos infeliz se tais atributos me tivessem sido negados, pois então o contraste entre a minha vida exterior e a minha vida interior não estaria continuamente exigindo uma atenção dolorosa. No estresse da privação e da necessidade de esforço, seria possível esquecer o segredo sombrio, pois estaria ocupado com o panorama desconcertante que isso traria.

Sou o único filho de Joel e Julia Hetman. Ele era um rico senhor do campo e ela uma mulher bela e realizada, a quem o primeiro estava apaixonadamente conectado, com o que agora sei ter sido uma devoção ciumenta e exigente. A casa da família ficava a poucos quilômetros de Nashville, Tennessee, e consistia numa moradia grande e construída irregularmente sem nenhuma ordem arquitetônica particular, um pouco fora da estrada, em um parque de árvores e arbustos.

Na época dos eventos que descrevo, eu tinha dezenove anos e era estudante da Universidade de Yale. Um dia, recebi um telegrama de meu pai com tanta urgência que, em conformidade à sua demanda inexplicada, parti imediatamente para casa. Na estação ferroviária de Nashville, um parente distante me esperava para me informar o motivo de meu chamado: minha mãe havia sido brutalmente assassinada — por quê e por quem ninguém podia conjecturar, mas estas eram as circunstâncias.

Meu pai havia ido para Nashville com a intenção de retornar na tarde seguinte. Algo o impedira de realizar o negócio em questão, então ele regressara na mesma noite, chegando pouco antes do amanhecer. Em seu testemunho perante o investigador, explicou que, não tendo a chave e não querendo perturbar os criados adormecidos, ele tinha ido, sem intenção claramente definida, para a parte de trás da casa. Ao virar a esquina da construção, ouviu um som como o de uma porta sendo suavemente fechada, e viu na escuridão, indistintamente, a silhueta de um homem, que logo desapareceu entre as árvores do jardim. Uma perseguição apressada e uma breve busca no terreno, motivada pela crença de que o invasor seria alguém que visitava secretamente um criado, mostrou-se infrutífera; ele então entrou pela porta destrancada e subiu as escadas para o aposento de minha mãe. A porta estava aberta e, adentrando na escuridão, meu pai tropeçou sobre um objeto no chão. Posso poupar o leitor dos detalhes; era minha pobre mãe, morta de estrangulamento por mãos humanas!

Nada tinha sido levado da casa, os criados não tinham ouvido nenhum som, e, excetuando aquelas terríveis marcas de dedos sobre a garganta da mulher morta — meu Deus, quando irei esquecê-las?! —, nenhum vestígio do assassino foi encontrado.

Desisti de meus estudos e permaneci ao lado do meu pai, que, naturalmente, estava muito mudado. Sempre sedentário e taciturno, ele caiu em um desânimo tão profundo que nada poderia prender sua atenção, mas qualquer coisa — um passo, o súbito fechamento de uma porta — o deixava em estado de alerta; pode-se chamar de apreensão. Diante de qualquer pequena surpresa ele se sobressaltava visivelmente e às vezes ficava pálido, depois caía em uma apatia melancólica mais profunda do que antes. Suponho que ele estava "aos frangalhos", como chamam. Quanto a mim, eu era mais jovem do que sou agora — as coisas eram muito diferentes. A juventude é revigorante, um bálsamo para cada ferida. Ah, se eu pudesse habitar novamente aquele corpo! Sem conhecer a dor, eu não sabia como avaliar meu luto; não podia estimar corretamente a força do golpe que recebi.

Em uma noite, alguns meses após o terrível evento, meu pai e eu voltávamos da cidade a pé para casa. A lua cheia estava cerca de três horas acima do horizonte oriental; todo o campo tinha a tranquilidade solene de uma noite de verão; nossos passos e o canto incessante dos grilos eram os únicos sons, distantes. As sombras negras das árvores limítrofes pousavam sobre a estrada, com um brilho branco fantasmagórico figurando nos espaços entre elas. Ao nos aproximarmos do portão de nossa residência, cuja entrada estava à sombra e na qual não havia nenhuma luz, meu pai de repente parou e me agarrou pelo braço, dizendo, pouco mais alto que sua respiração:

— Deus! Deus! O que é isso?

— Eu não ouço nada — respondi.

— Mas veja! — disse ele, apontando para algo ao lado da estrada, diretamente à frente.

— Não há nada lá. Venha, pai, vamos entrar, você está doente.

Ele havia soltado meu braço e estava parado, duro e imóvel, no centro da estrada iluminada, olhando como se estivesse desprovido de seus sentidos. Seu rosto à luz da lua mostrava uma palidez e uma rigidez inexpressivamente angustiantes. Puxei suavemente a manga de sua camisa, mas ele havia esquecido minha existência. Então, ele começou a recuar, passo a passo, sem desviar seus olhos do que via, ou pensava ver, nem por um instante. Dei meia-volta para segui-lo, mas fiquei irresoluto. Não me lembro de nenhum sentimento de medo, a menos que um arrepio repentino tenha sido sua manifestação física. Parecia que um vento gelado havia tocado meu rosto e envolvido meu corpo da cabeça aos pés; eu podia sentir a agitação nos pelos da nuca.

Naquele momento, minha atenção foi atraída por uma luz que brotou de uma janela superior da casa de repente: uma das criadas, despertando por uma misteriosa premonição do mal, pode-se dizer, e em obediência a um impulso que nunca foi capaz de explicar, acendeu uma lâmpada. Quando me virei para procurar meu pai, ele havia sumido, e, em todos os anos que se passaram, nenhum sussurro de seu destino atravessou a fronteira das conjecturas do reino do desconhecido.

2. DECLARAÇÃO DE CASPAR GRATTAN

Se hoje estou vivo, amanhã exibirei a forma inútil que um dia fui. Se alguém levantar o pano do rosto da coisa desagradável que fui, será em gratificação de uma mera curiosidade mórbida. Alguns, sem dúvida, irão mais longe e perguntarão: "Quem era ele?" Nesta declaração, forneço a única resposta que sou capaz de dar — Caspar Grattan. Certamente, isso deve ser suficiente. O nome tem servido às minhas pequenas necessidades por mais de vinte anos de uma vida de duração desconhecida. É verdade, eu o dei a mim mesmo, mas, em falta de outro, eu tinha o direito. Neste mundo é preciso ter um nome; ele evita a confusão, mesmo quando não estabelece identidade. Alguns, no entanto, são conhecidos por números, que também parecem ser diferenciados de forma inadequada.

Para ilustrar, um dia eu estava passando por uma rua de uma cidade, longe daqui, quando encontrei dois policiais, um dos quais, detendo-se e olhando curiosamente no meu rosto, disse ao seu companheiro:

— Aquele homem se parece com o 767.

Algo no número parecia familiar e horrível. Movido por um impulso incontrolável, saltei para uma rua lateral e corri até cair exausto em uma estrada campestre.

Eu nunca esquecerei esse número, e sempre ele vem à memória acompanhado de obscenidades, de gargalhadas sem alegria, de um tilintar de portas de ferro. Por isso digo que um nome, mesmo que autoconcedido, é melhor do que um número. No registro da cova comum, em breve terei ambos. Que riqueza!

Para aquele que encontrar este relato, devo implorar um pouco de consideração. Não é a história da minha vida; o conhecimento para empreender tal escrita me é negado. Este é apenas um registro de memórias quebradas e aparentemente não relacionadas, algumas delas tão distintas e sequentes como contas brilhantes sobre um fio, outras remotas e estranhas, tendo o caráter de sonhos carmesim com espaços vazios e negros — fogo vivo brilhando paralisado e vermelho em grande desolação.

De pé na costa da eternidade, eu viro um último olhar para a terra no caminho pelo qual vim. Há vinte anos de pegadas bastante distintas, impressões de pés que sangraram. Elas conduzem através da pobreza e da dor, da desonestidade e da insegurança, enquanto tento cambalear com meu fardo...

Remotas, não amigáveis, melancólicas, lentas.

Ah, a profecia do poeta que sou — quão admirável, quão terrivelmente admirável!

Para trás, antes do início desta Via Dolorosa — este épico de sofrimento com episódios de pecado —, não vejo nada claramente; ela parte de uma nuvem. Sei que esse relato se estende por apenas vinte anos, mas sou um homem velho.

Não nos lembramos do nosso nascimento — temos que admitir. Mas comigo foi diferente; a vida me foi generosa ao fornecer minhas faculdades e poderes. De uma existência anterior não conheço mais do que os outros, pois todos têm intimidades gaguejantes que podem ser lembranças ou sonhos. Sei apenas que minha primeira consciência foi de maturidade no corpo e na mente — uma consciência aceita sem surpresa ou conjectura. Eu apenas dei por mim caminhando em uma floresta, meio vestido, com os pés doloridos, cansado e faminto. Ao ver uma fazenda, aproximei-me e pedi comida, que me foi dada por alguém que perguntou meu nome. Eu não sabia, mas sabia que todos tinham nomes. Muito envergonhado, me retirei, e com a noite chegando, deitei-me na floresta e dormi.

No dia seguinte entrei em uma grande cidade que não vou citar. Tampouco devo recontar outros incidentes da vida que agora vai terminar — uma vida de vagabundagem, assombrada por um senso de crime, exagerado na punição do erro, e do terror na punição do crime. Deixe-me ver se posso encurtá-la a uma narrativa.

Parece que já vivi perto de uma grande cidade, um próspero agricultor, casado com uma mulher que eu amava e em quem não confiava. Tivemos, parece, um filho, um jovem brilhante e promissor. Ele é sempre uma figura vaga, nunca claramente desenhada, muitas vezes completamente fora do quadro.

Numa noite sem sorte, ocorreu-me testar a fidelidade de minha esposa de uma forma vulgar e comum a todos os que conhecem a literatura de fatos e ficção. Fui à cidade, dizendo à minha esposa que eu deveria ficar ausente até a tarde seguinte. Mas voltei antes do amanhecer e fui para a parte de trás da casa, com o propósito de entrar por uma porta a qual eu havia secretamente manipulado para que parecesse trancada, mas que na verdade não fechava. Quando me aproximei, ouvi-a abrir e fechar e vi um homem se embrenhar na escuridão. Com a mente em um assassinato, eu o persegui, mas ele havia desaparecido sem sequer ter tido a má sorte da identificação. Às vezes, nem consigo me convencer de que se tratava de um ser humano.

Louco de ciúmes e raiva, cego e bestial com todas as paixões elementares da masculinidade insultada, entrei na casa e subi as escadas até a porta dos aposentos de minha esposa. Estava fechada, mas, tendo mexido também em sua fechadura, entrei facilmente. Apesar da escuridão, logo fiquei ao lado de sua cama. Minhas mãos, ao apalpar, me disseram que, embora bagunçada, ela estava desocupada.

"Ela está lá embaixo", pensei, "e, aterrorizada pela minha entrada, escapou na escuridão". Com o propósito de procurá-la, virei-me para sair do cômodo, mas tomei uma direção errada — ou a certa! Meu pé bateu nela, encolhida em um canto. Instantaneamente, minhas mãos estavam em sua garganta, asfixiando um grito, meus joelhos sobre seu corpo em luta; na escuridão, sem uma palavra de acusação ou censura, eu a estrangulei até morrer! Nesse momento o sonho termina. Relatei-o no passado, mas o presente seria a forma mais adequada, pois a sombria tragédia se reencena em minha consciência — traço o plano, sofro a confirmação, corrijo o erro uma vez atrás da outra. Então tudo se apaga; e depois as chuvas batem contra as janelas sombrias, ou a neve cai sobre minhas vestes escassas, as rodas chocalham nas ruas imundas onde minha vida se resume em pobreza e desemprego. Se alguma vez houve sol, não me lembro; se houve pássaros, eles não cantavam.

Há outro sonho, outra visão da noite. Eu estou entre as sombras de uma estrada iluminada pela lua. Estou ciente de outra presença, mas que não posso determinar corretamente. Na sombra de uma grande residência, percebo o brilho de roupas brancas; então a figura de uma mulher me confronta na estrada — minha esposa assassinada! Há morte em seu rosto; há marcas na garganta. Os olhos estão fixos nos meus com uma gravidade infinita que não é censura, nem ódio, nem ameaça, nem nada menos terrível do que o reconhecimento. Diante desta terrível aparição, eu me retiro aterrorizado — um terror que se projeta sobre mim enquanto escrevo. Não posso mais moldar corretamente as palavras. Veja! Elas...

Agora estou calmo, mas realmente não há mais o que contar: o incidente termina onde começou — na escuridão e na dúvida.

Sim, estou novamente em controle de mim mesmo: "o capitão da minha alma". Mas isso não é um descanso; é outra etapa e fase de expiação. Minha penitência, constante em grau, é mutável em espécie: uma de suas variantes é a tranquilidade. Afinal de contas, é apenas uma pena perpétua. "Condenado ao inferno pelo resto da vida" — isso é uma punição tola: o culpado escolhe a duração de sua punição. Hoje meu mandato expira.

Para todos, a paz que não era minha.

3. DECLARAÇÃO DE JULIA HETMAN, POR MEIO DO MÉDIUM BAYROLLES

Eu tinha me retirado cedo e caí quase imediatamente em um sono pacífico, do qual acordei com aquela sensação indefinível de perigo, que é, penso eu, uma experiência comum naquela vida anterior. De seu caráter pouco intencional também, estava inteiramente convencida, mas isso não baniu a sensação. Meu marido, Joel Hetman, estava longe de casa; os criados dormiam em outra parte da residência. Mas estas eram condições familiares; elas nunca antes me haviam incomodado. No entanto, o estranho terror cresceu tão insuportável que, vencendo minha relutância em me mover, sentei-me e acendi a lâmpada ao lado da cama. Ao contrário da minha expectativa, isto não me deu nenhum alívio; a luz parecia um perigo a mais, pois refleti que ela brilharia por sob a porta, revelando minha presença a qualquer coisa maligna que pudesse espreitar do lado de fora. Vocês que ainda estão na carne, sujeitos aos horrores da imaginação, pensem no medo monstruoso que é buscar na escuridão a segurança das existências malévolas da noite. Isto é, estar em um ambiente fechado com um inimigo invisível — a estratégia do desespero!

Apagando a lâmpada, puxei a roupa de cama sobre a cabeça e fiquei tremendo em silêncio, incapaz de gritar, esquecendo de rezar. Neste estado lastimável, devo ter me deitado pelo que vocês chamam de horas — para a gente não há horas, não há tempo.

Por fim, a ameaça de perigo se concretizou. Um som suave e irregular de passos nas escadas! Eles eram lentos, hesitantes, incertos, como alguém que não conhecia seu caminho; minha desordenada razão estava ainda mais aterrorizada por isso, a aproximação de alguma malevolência cega e sem sentido, para a qual não há apelo. Até pensei que devia ter deixado a lâmpada acesa e que o tatear desta criatura mostrava que era um monstro da noite. Isto foi insensato e inconsistente com meu pavor anterior da luz, mas o que você teria feito? O medo não pensa; é um idiota. O testemunho sombrio que dá e o conselho covarde que sussurra não estão relacionados. Sabemos bem disso, nós que passamos para o Reino do Terror, que nos escondemos no crepúsculo eterno entre as cenas de nossas vidas anteriores, invisíveis até para nós mesmos, e uns para os outros, mas escondidos em lugares solitários; ansiosos por falar com nossos entes queridos, porém mudos, e tão temerosos deles como eles de nós. Às vezes a deficiência é removida, a lei suspensa: pelo poder imortal do amor ou do ódio quebramos o feitiço — somos vistos por aqueles a quem gostaríamos de advertir, consolar ou punir. De que forma somos apresentados, não sabemos; sabemos apenas que aterrorizamos, mesmo aqueles que mais desejamos consolar, e dos quais mais desejamos ternura e simpatia.

Perdoai, peço-vos, esta inconsequente digressão do que outrora foi uma mulher. Você que nos consulta desta forma imperfeita — você não entende. Faz perguntas tolas sobre coisas desconhecidas e coisas proibidas. Muito do que sabemos e poderíamos transmitir em nosso discurso não tem sentido no seu. Devemos nos comunicar com vocês através de uma inteligência gaguejante na pequena fração de nosso idioma que vocês mesmos conseguem entender. Você pensa que somos de outro mundo. Não, não temos conhecimento de outro mundo a não ser o seu, embora para nós não tenha luz solar, calor, música, risos, cantos de pássaros nem qualquer companheirismo. Ó Deus! Que coisa é ser um fantasma, acovardando-se e tremendo em um mundo alterado, uma presa para a apreensão e o desespero!

Não, eu não morri de susto: aquela coisa virou e foi embora. Ouvi-a descer as escadas, apressadamente, como se ela própria estivesse com medo repentino, pensei. Depois me levantei para pedir ajuda. Minha mão trêmula mal encontrou a maçaneta da porta quando — Deus misericordioso! — eu o ouvi voltar. Seus passos ao subir novamente as escadas eram rápidos, pesados e barulhentos; eles sacudiam a casa. Eu fugi para um canto da parede e me agachei no chão. Tentei rezar, tentei chamar o nome do meu querido marido. Depois ouvi a porta ser aberta. Houve um intervalo de inconsciência, e quando voltei a mim senti um estrangulamento na garganta — senti meus braços batendo em vão contra algo que me continha — senti minha língua pressionando entre meus dentes! E então passei para esta vida.

Não, eu não tenho conhecimento do que foi. A soma do que sabíamos na morte é a medida do que sabemos depois de tudo o que aconteceu. Desta existência sabemos muitas coisas, mas nenhuma nova luz cai sobre nenhuma página; na memória está escrito tudo o que podemos ler. Aqui não há novas verdades para traduzir a paisagem confusa daquele domínio duvidoso. Ainda moramos no Vale da Sombra, escondidos em seus lugares desolados, espreitando nos arbustos e nas moitas, observando seus loucos e malignos habitantes. Como poderíamos ter novos conhecimentos sobre esse passado em desvanecimento?

O que estou prestes a relatar aconteceu em uma noite. Sabemos quando é noite, pois é quando vocês se retiram para suas casas e podemos nos aventurar para fora de nossos locais de ocultação, nos movendo sem medo sobre nossas velhas casas, olhando para dentro das janelas, até mesmo entrando e olhando seus rostos enquanto dormem. Eu tinha ficado muito tempo perto da morada onde tinha sido tão cruelmente transformada no que sou, como fazemos enquanto qualquer coisa que amamos ou odiamos permanece. Vaidosamente, eu havia procurado algum método de manifestação, alguma forma de fazer minha existência contínua e meu grande amor e piedade pungente serem compreendidos por meu marido e meu filho. Sempre que dormiam, eles acordavam, ou, se em meu desespero ousava me aproximar deles quando estavam acordados, voltavam para mim os olhos terríveis dos vivos, assustando-me com os olhares que buscava no propósito que eu tinha.

Naquela noite eu os havia procurado sem sucesso, temendo encontrá-los; eles não estavam em lugar algum na casa, nem sob o luar. Pois, embora o sol esteja perdido para nós para sempre, a lua, cheia ou minguante, permanece. Às vezes brilha de noite, às vezes de dia, mas sempre se levanta e se fixa, como na outra vida.

Deixei o gramado e me movi na luz branca e no silêncio ao longo da estrada, sem rumo e entristecida. De repente ouvi a voz do meu pobre marido em exclamações de espanto, com a do meu filho em tranquilidade e dissuasão; e ali, à sombra de um grupo de árvores, eles se aproximaram, tão perto! Seus rostos estavam voltados para mim, os olhos do homem mais velho fixos nos meus. Ele me viu — finalmente, finalmente, ele me viu! Na consciência disso, meu terror fugiu como de um sonho cruel. O feitiço da morte foi quebrado: o amor havia conquistado a Lei! Louca de exultação, eu gritei — devo ter gritado: "Ele vê, ele vê, ele irá entender!" Então, controlando-me, fui adiante, sorrindo e conscientemente bela, para me oferecer a seus braços, para confortá-lo com carinho e, com a mão de meu filho na minha, dizer as palavras que deveriam restaurar os laços quebrados entre os vivos e os mortos.

Ai de mim! Ai de mim! Seu rosto ficou branco de medo, seus olhos eram como os de um animal capturado. Ele se afastou enquanto eu avançava, e finalmente se virou e fugiu para a floresta — para onde, não me é dado o saber.

Ao meu pobre menino, deixado duplamente desolado, nunca fui capaz de transmitir um sentido de minha presença. Logo ele também passará para esta vida invisível e se perderá para sempre de mim.

JIKININKI

Lafcadio Hearn

Japão

1904

Certa vez, Muso Kokushi, sacerdote da seita Zen, viajava sozinho pela província de Mino e perdeu-se no caminho em um distrito de montanhas onde não havia ninguém para ajudá-lo. Durante muito tempo ele vagueou desamparado, e quando começou a se preocupar em encontrar abrigo para a noite percebeu, no topo de uma colina iluminada pelos últimos raios do sol, um daqueles pequenos eremitérios, chamados *anjitsu*, que são construídos para sacerdotes solitários. Parecia estar em estado ruinoso, mas ele apressou-se e encontrou-o habitado por um sacerdote idoso, a quem pediu o favor de uma noite de hospedagem. O velho recusou duramente, contudo, direcionou Muso a uma certa aldeia, no vale adjacente, onde alojamento e comida poderiam ser obtidos.

Muso encontrou o caminho até a aldeia, a qual consistia em menos de uma dúzia de cabanas agrícolas, e foi gentilmente recebido na residência do chefe. Quarenta ou cinquenta pessoas estavam reunidas na casa principal no momento da chegada de Muso, mas lhe encaminharam para um pequeno quarto separado, onde foi prontamente abastecido com comida e roupa de cama. Estando muito cansado, deitou-se cedo. Um pouco antes da meia-noite, porém, foi despertado do sono por um som de choro forte no cômodo adjacente. Então, os painéis deslizantes foram gentilmente afastados e um jovem, carregando uma lanterna, entrou no quarto, saudando-o respeitosamente, e disse:

— Senhor, é meu doloroso dever dizer-lhe que agora sou o chefe responsável por esta casa. Ontem eu era apenas o filho mais velho. Mas quando chegou aqui, cansado como estava, não queríamos que se sentisse constrangido de forma alguma: por isso não lhe dissemos que nosso pai tinha morrido apenas algumas horas antes. As pessoas que você viu na sala ao lado são os habitantes desta aldeia, e todos eles se reuniram aqui para prestar sua última homenagem ao falecido. Agora, estão todos indo para outra aldeia, a cerca de cinco quilômetros — pois, por nosso costume, nenhum de nós pode permanecer aqui durante a noite após uma morte. Fazemos as oferendas e as orações adequadas e depois vamos embora, deixando o cadáver sozinho. Coisas estranhas sempre acontecem na casa onde um cadáver é deixado. Portanto, pensamos que será melhor para o senhor vir conosco. Podemos encontrar um bom alojamento para você na outra aldeia. Entretanto, como você é um sacerdote, talvez não tenha medo de demônios ou espíritos malignos; e, se não tiver medo de ser deixado sozinho com o corpo, é muito mais do que bem-vindo para permanecer nesta pobre casa. Devo dizer-lhe, no entanto, que ninguém, exceto um sacerdote, se atreveria a ficar aqui esta noite.

Muso deu sua resposta:

— Por sua bondosa intenção e sua generosa hospitalidade, sou profundamente grato. Mas lamento que você não tenha me contado da morte de seu pai quando cheguei. Embora estivesse um pouco cansado, certamente não estava tão cansado a ponto de encontrar dificuldade em cumprir meu dever como sacerdote. Se você tivesse me dito, eu poderia ter realizado um ritual adequado antes de sua partida. Já que é assim, executarei o ritual depois que vocês partirem e ficarei junto ao corpo até de manhã. Não sei ao que se refere com suas palavras sobre o perigo de ficar aqui sozinho, mas não tenho medo de fantasmas ou demônios: por isso, por favor, não sinta ansiedade por minha causa.

O jovem pareceu contentar-se com estas garantias e expressou sua gratidão apropriadamente. Então, os outros membros da família e as pessoas reunidas na sala adjacente, tendo sido informados das gentis promessas do sacerdote, vieram agradecer-lhe. Depois disso o dono da casa disse:

— Agora, senhor, por mais que lamentemos deixá-lo sozinho, devemos nos despedir. Pela regra de nossa aldeia, nenhum de nós pode ficar aqui depois da meia-noite. Imploramos, gentil senhor, que cuide de seu honorável corpo enquanto não pudermos ajudá-lo. E, se por acaso ouvir ou ver alguma coisa estranha durante nossa ausência, por favor, nos informe sobre o assunto quando voltarmos pela manhã.

Todos então deixaram a casa, exceto o sacerdote, que foi para o quarto onde o cadáver jazia. As oferendas habituais tinham sido depositadas em frente ao cadáver, e uma pequena lâmpada budista, *tomyo*, estava queimando. O sacerdote recitou o culto e realizou as cerimônias fúnebres, e em seguida entrou em estado de meditação. Ele permaneceu meditando por várias horas em silêncio, e não havia som na aldeia deserta. Mas, quando o silêncio da noite estava em seu ponto mais profundo, uma forma vaga e vasta entrou sem fazer ruído; naquele exato momento, Muso se viu sem o poder de se mover ou falar. Ele viu a forma levantar o cadáver com as mãos e devorá-lo mais rapidamente do que um gato devora um rato — começando pela cabeça e comendo tudo: os cabelos, os ossos e até mesmo a mortalha. E a coisa monstruosa, tendo assim consumido o corpo, voltou-se para as oferendas e comeu-as também. Depois foi embora, tão misteriosamente quanto tinha vindo.

Quando os aldeões retornaram na manhã seguinte, encontraram o sacerdote esperando-os na porta da residência do chefe. Todos o saudaram, e quando entraram e olharam para a sala, ninguém expressou surpresa pelo desaparecimento do cadáver e das oferendas. Mas o dono da casa disse a Muso:

— Senhor, você provavelmente viu coisas desagradáveis durante a noite: todos nós estávamos ansiosos por você. Mas agora estamos muito felizes em encontrá-lo vivo e ileso. Teríamos ficado e feito companhia ao senhor com prazer, se isso fosse possível. Mas a lei de nossa aldeia, como lhe disse ontem à noite, nos obriga a abandonar nossas casas depois de uma morte e a deixar o cadáver sozinho. Sempre que esta lei foi violada, algum grande infortúnio se seguiu. Sempre que é obedecida, descobrimos que o cadáver e as oferendas desaparecem durante nossa ausência. Talvez você tenha visto a causa?

Então Muso falou da forma horripilante que havia entrado nos aposentos do falecido para devorar o corpo e as oferendas. Nenhuma pessoa parecia estar surpresa com sua narração, e o dono da casa observou:

— O que nos disse, senhor, está de acordo com o que tem sido dito sobre este assunto desde os tempos antigos.

Muso, em seguida, perguntou:

— O sacerdote na colina não realiza o ritual fúnebre para seus mortos?

— Que sacerdote? — perguntou o jovem.

— O sacerdote que ontem à noite me dirigiu a esta aldeia — respondeu Muso. — Fui ao antigo *anjitsu* na colina. Ele me recusou hospedagem, mas me informou o caminho até aqui.

Os ouvintes se olharam em espanto. Após um momento de silêncio, o dono da casa disse:

— Senhor, não há sacerdote e não há *anjitsu* na colina. Há muitas gerações não há nenhum sacerdote residente nesta aldeia.

Muso não disse mais nada sobre o assunto, pois era evidente que seus amáveis anfitriões o tomavam como alguém que fora iludido por algum duende. Depois de despedir-se deles e obter todas as informações necessárias sobre seu caminho, decidiu procurar novamente o eremitério na colina, e assim verificar se tinha sido realmente enganado. Ele encontrou o *anjitsu* sem qualquer dificuldade, e, desta vez, seu ocupante idoso o convidou a entrar. Quando o fez, o ermitão humildemente se curvou diante dele, exclamando:

— Ah! Tenho vergonha! Tanta vergonha! Tenho muita vergonha!

— Você não precisa ter vergonha por ter me recusado abrigo — disse Muso. —Encaminhou-me ao vilarejo, onde fui muito bem tratado, e eu lhe agradeço por esse favor.

— Não posso dar abrigo a ninguém — respondeu o recluso —, e não é pela recusa que me envergonho. Tenho vergonha de você ter me visto em minha verdadeira forma, pois fui eu quem devorou o cadáver e as oferendas ontem à noite diante de seus olhos... Saiba, senhor, que eu sou um *jikininki,* um comedor de carne humana. Tenha piedade de mim, e me permita confessar a culpa secreta pela qual me reduzi a esta condição.

"Há muito, muito tempo atrás, eu era um sacerdote nesta região desolada. Não havia outro sacerdote por perto. Assim, naquela época, os corpos dos aldeões que morriam costumavam ser trazidos para cá — algumas vezes de grandes distâncias — para que eu pudesse conceder a eles o ritual sagrado. Mas eu repetia o serviço e realizava os ritos apenas como uma questão de negócios; pensava apenas na comida e nas roupas que minha profissão sagrada me permitiam ganhar. E por causa desta impiedade egoísta renasci, imediatamente após minha morte, no estado de um *jikininki*. Desde então, tenho sido obrigado a me alimentar dos cadáveres das pessoas que morrem neste distrito: devo devorar cada um deles da forma como você viu ontem à noite... Agora, senhor, deixe-me implorar-lhe que realize um *Segaki*[*] para mim: ajude-me com suas orações, eu lhe suplico, para que eu possa ser capaz de escapar deste horrível estado de existência."

Assim que o ermitão proferiu esta súplica, ele desapareceu; o eremitério também desapareceu no mesmo instante. E Muso Kokushi se viu ajoelhado sozinho na grama alta, ao lado de um tipo de túmulo antigo, conhecido como *go-rin-ishi*, coberto por musgo, e que parecia pertencer a um sacerdote.

---

* O Segaki é um ritual budista japonês tradicionalmente realizado para cessar o sofrimento de fantasmas e monstros conhecidos como Gaki, Jikininki e Muenbotoke, criaturas atormentadas por uma fome insaciável [N. E.].

OS AMANTES ESPECTRAIS

J. S. Le Fanu
Dublin, Irlanda
1851

Há cerca de quinze anos, em uma casa pequena e ruinosa, um pouco melhor do que um casebre, vivia uma mulher idosa que, segundo consta, ultrapassou consideravelmente seu octogésimo ano e que respondia pelo nome Alice, ou, popularmente, Ally Moran. Sua companhia não era muito cortejada, pois ela não era nem rica, nem, como o leitor pode imaginar, bela. Além de um vira-lata magro e um gato, ela tinha um companheiro humano, seu neto, Peter Brien, que, com louvável bondade, Alice criou e sustentou desde o momento em que ele ficou órfão até o momento de nossa história, que o encontra em seu vigésimo ano. Peter era um preguiçoso bem-humorado, viciado muito mais em luta livre, dançar e fazer amor do que em trabalho árduo, e que gostava mais de uma bebida do que de bons conselhos. Sua avó tinha uma opinião superestimada sobre seus feitos, o que de fato era apenas natural, e também sobre seu intelecto, pois Peter havia começado a aplicar sua mente à política nos últimos anos. Como era evidente que tinha um ódio mortal pelo trabalho honesto, sua avó previu, como uma verdadeira cartomante, que ele havia nascido para se casar com uma herdeira, e o próprio Peter (que não tinha intenção de renunciar à sua liberdade, mesmo em tais condições) previu que estava destinado a encontrar um pote de ouro. Em uma questão ambos concordavam: sendo inadequado, devido à característica peculiar de seu gênio, para o trabalho, ele deveria adquirir a imensa fortuna a que seus méritos lhe davam direito através de pura sorte. Esta resolução teve o efeito de conciliar tanto ele mesmo quanto sua avó com seus hábitos ociosos, e também de manter o fluxo de amizades que o faziam se sentir bem-vindo em todos os lugares, o que era, na verdade, o resultado natural de sua consciência de se aproximar dessas companhias influentes.

Aconteceu em uma noite em que Peter tinha se divertido, até uma hora avançada, com duas ou três companhias, perto de Palmerstown. Eles tinham falado de política e amor, cantado canções, contado histórias e, acima de tudo, tinham ingerido, com o disfarce do ponche, pelo menos um litro de um bom uísque.

Já passava consideravelmente de uma hora quando Peter se despediu de seus companheiros com um suspiro e um soluço, acendeu seu cigarro e colocou-se em seu caminho solitário de volta para casa.

A ponte de Chapelizod ficava na metade do caminho de sua viagem noturna, mas por alguma razão qualquer seu progresso estava bastante lento. Já passava das duas horas quando ele se viu inclinado sobre as velhas muretas observando o rio, sobre o qual, em sua corrente sinuosa e margens arborizadas, caía a suave luz da lua.

A brisa fria que soprava levemente pelo riacho lhe era grata — esfriou sua cabeça latejante e seus lábios quentes. A cena em si tinha também, sem que ele estivesse consciente disso, um fascínio secreto. O vilarejo estava afundado no mais profundo sono; não havia uma agitação mortal, nem um som flutuante, uma suave neblina cobria tudo, e algo de mágico pairava sobre toda a paisagem.

Em um estado entre a ruminação e o arrebatamento, Peter continuou inclinado sobre as muretas da velha ponte e, ao fazê-lo, viu, ou imaginou ter visto, emergindo uma após outra, ao longo da margem do rio nos pequenos jardins e recintos na parte de trás da rua Chapelizod, as cabanas e barracas mais esquisitas que já havia visto antes. Elas não tinham estado lá naquela noite quando passou pela ponte a caminho de seu alegre encontro. Mas o mais notável foi a forma estranha como essas pequenas cabanas se mostraram. Primeiro, ele viu uma ou duas delas apenas com o canto do olho, e quando as olhou diretamente, estranhamente, estas desapareceram. Depois vieram outras e mais outras, mas todas, da mesma maneira tímida, simplesmente apareciam e desapareciam antes que ele pudesse fixar o olhar nelas. Em pouco tempo, porém, elas começaram a suportar um olhar mais direto, e ele descobriu, por si mesmo, que era capaz, com um esforço de atenção, de fixar a visão por um tempo cada vez maior, e, quando elas quase desapareciam, ele tinha o poder de chamá-las à luz e à matéria, até que finalmente sua indistinção vacilante tornou-se cada vez menor, e elas assumiram um lugar permanente na paisagem iluminada pela lua.

— Minha nossa — disse Peter, surpreendido e, inconscientemente, jogando seu cigarro no rio. — São as cabanas mais estranhas que eu já vi, crescendo feito cogumelos no orvalho da noite, brotando por aqui e por ali, como coelhos brancos em uma coelheira; e agora estão finalmente tão firmes e constantes como se estivessem estado lá desde o Dilúvio; caramba, é o suficiente para fazer um homem acreditar em fadas.

Esta última afirmação foi uma grande concessão da parte de Peter, que costumava ser um tanto cético, e falava de forma depreciativa em suas conversas com pessoas fervorosas.

Dando um último olhar àquela visão misteriosa, Peter se preparou para seguir seu caminho de volta para casa; tendo atravessado a ponte e passado o moinho, chegou à esquina da rua principal da cidadezinha, e, enquanto lançava um olhar despreocupado pela estrada de Dublin, sua atenção foi capturada por um espetáculo muito inesperado.

Não era outra coisa senão uma coluna de soldados a pé, marchando com perfeita regularidade em direção ao vilarejo, liderada por um oficial a cavalo. Eles estavam do outro lado da estrada, que estava fechada; mas, para sua perplexidade, percebeu que marcharam por ela sem parecer terem conferido a barreira.

Eles prosseguiram em uma marcha lenta; o mais singular naquela visão eram os vários canhões que estavam sendo carregados; alguns seguravam cordas, outros empurravam as rodas e outros marchavam na frente das armas e atrás delas, com os mosquetes nos ombros, dando um caráter imponente de desfile e regularidade a um procedimento, assim parecia a Peter, bastante antimilitar.

Devido a algum defeito temporário em sua visão, a alguma ilusão que acompanhava a neblina e o luar ou talvez a alguma outra causa, todo o cortejo tinha um certo caráter ondulatório e vaporizado que impressionava seus olhos. Era como o desfile de uma fantasmagoria refletida sobre a fumaça, como se cada respiração fosse capaz de perturbá-la; às vezes estava embaçada, às vezes apagava-se; agora aqui, depois ali. Algumas vezes, embora a parte fronteira fosse bastante distinta, o final da coluna quase desaparecia completamente, e então novamente saía em claro relevo, marchando com passos regulares enquanto os bicornes e as ombreiras tornavam-se, por assim dizer, transparentes, e quase desapareciam.

Apesar destas estranhas flutuações ópticas, no entanto, a coluna continuou a avançar de forma constante. Peter cruzou a rua da esquina perto da velha ponte, correndo na ponta dos pés, seu corpo inclinado para evitar ser percebido, e em seguida se posicionou sobre um caminho elevado à sombra das casas, onde ele calculou que poderia assistir à cena sem ser notado, já que os soldados mantinham-se no meio da estrada.

— Mas que mer... — murmurou ele, contendo-se na exclamação irreligiosa que estava prestes a proferir.

Certas reticências estranhas pairavam sobre seu coração, apesar da coragem facciosa da garrafa de uísque.

— O que significa tudo isso? São os franceses que finalmente desembarcaram para nos dar uma mão e ajudar? Se não são eles, me pergunto que mer... Quero dizer, quem seriam; nunca vi soldados assim na vida.

Neste momento, os primeiros do batalhão estavam bem próximos e a verdade é que eram os soldados mais estranhos que já havia visto no decorrer de sua vida. Usavam polainas longas e calças de couro, chapéus de três pontas, amarrados com rendas prateadas, casacos azuis longos, com revestimentos e forros escarlate, os quais eram atravessados por um fecho que mantinha juntos os dois lados; na frente o peitoral estava ligado de maneira semelhante em um único ponto, revelando por baixo um colete branco como a neve; tinham cintos muito grandes e longos cruzados, e usavam enormes bolsas de couro branco, penduradas extraordinariamente baixo, e em cada uma delas uma pequena estrela prateada brilhava. Mas o que lhe pareceu mais grotesco e extravagante no traje era a exibição de babados na frente da camisa e nos pulsos, e a maneira estranha como seus cabelos eram frisados e armados sob os chapéus e terminavam em grandes cachos atrás. Um deles estava montado em um cavalo branco, alto e de pescoço arqueado; tinha uma pena branca em seu chapéu de três pontas, e seu casaco brilhava por toda parte com uma profusão de rendas prateadas. Com isso, Peter concluiu que ele deveria ser o comandante do destacamento, e o examinou atentamente enquanto passava. Ele era um homem fino e alto, cujas pernas enchiam suas calças de couro pela metade, e parecia já ter passado da metade dos sessenta anos. Tinha um rosto enrugado, sofrido pelo tempo, e possuía um tapa-olho preto sobre um dos olhos, e não se virava nem para a direita nem para a esquerda, mas cavalgava à frente de seus homens, com uma inflexibilidade militar sombria.

O semblante dos soldados, oficiais e subalternos, transparecia preocupação e, por assim dizer, medo e selvageria. Ele procurou, em vão, um único rosto contente ou com uma aparência bonita. Tinham, todos eles, um ar melancólico de cão de guarda; à medida que passavam, Peter sentia o ar ficando mais frio e arrepiante.

Ele havia se sentado sobre um banco de pedra, do qual, olhando com toda sua concentração, contemplou o grotesco e silencioso cortejo conforme este passou a sua frente. Não fazia barulho algum; ele não conseguia ouvir o tilintar dos acessórios, o toque dos pés no chão ou o barulho das rodas. Quando o velho coronel virou um pouco seu cavalo e fez um gesto como se estivesse dando um comando, um trompetista que caminhava a seu lado, com o nariz azul inchado e uma franja de penas brancas ao redor de seu chapéu, virou-se e colocou a corneta nos lábios. Ainda assim Peter não ouviu nada, embora fosse claro que o som tinha chegado aos soldados, pois instantaneamente mudaram a posição de sua dianteira.

— Minha nossa — murmurou Peter —, será que estou ficando surdo?

Mas isso não poderia ser, pois ele ouvia o suspiro da brisa e o barulho da vizinhança em Liffey.

— Bem — disse ele, no mesmo tom cauteloso —, eles superam Banagher facilmente! Ou é o exército francês chegando à cidade para tomar Chapelizod de surpresa, e sem fazer barulho para não despertar os habitantes; ou então é, é, o que seria? Alguma outra coisa. Mas, caramba, o que aconteceu com a loja do Fitzpatrick do outro lado da rua?

O prédio de pedra marrom e sujo do lado oposto parecia mais novo e limpo do que ele estava acostumado a ver; a porta da frente estava aberta, e um sentinela, com o mesmo uniforme grotesco, com mosquete no ombro, estava marchando silenciosamente de um lado para o outro na frente. No ângulo deste edifício, um amplo portão (do qual Peter não se lembrava) estava aberto, e diante dele outro sentinela perambulava. Toda a tropa passou gradualmente por aquele portão, e Peter finalmente perdeu-a de vista.

— Eu não estou dormindo; não estou sonhando — disse ele, esfregando os olhos e pisando levemente no pavimento, para se assegurar de que estava acordado. — Sério, seja o que for, tudo na cidade me parece estranho. A casa dos Tresham está pintada, caramba! E aquelas flores nas janelas?! A casa dos Delany não tinha sequer um vidro inteiro esta manhã, e pouca ardósia no telhado! É impossível eu estar tão bêbado. Claro, há aquela árvore grande, e nem uma folha dela mudou desde que eu passei, e as estrelas no céu, tudo bem. Acho que não estou inventando.

E assim, olhando ao redor, e a cada instante encontrando novidades, ele caminhou ao longo do pavimento, com a intenção, sem mais delongas, de voltar para casa.

Mas suas aventuras para aquela noite não estavam concluídas. Ele tinha quase chegado à curva que levava à igreja quando percebeu que um oficial, usando o uniforme que trajava a tropa que acabara de ver, estava andando a apenas alguns metros na sua frente.

O oficial caminhava em uma marcha tranquila, carregando sua espada debaixo do braço, e olhava para baixo, na direção do pavimento, com um ar de devaneio.

Na verdade, parecia inconsciente da presença de Peter e disposto a manter suas reflexões para si mesmo, e havia algo reconfortante nisso. Além do mais, o leitor deve se lembrar de que nosso herói tomou um bom porre antes de sua aventura começar, e assim foi fortificado contra aqueles terrores, nos quais, num estado de espírito mais razoável, teria afundado.

A ideia da invasão francesa reacendeu em pleno poder na imaginação confusa de Peter, enquanto ele perseguia o oficial despreocupado.

— Por tudo que é mais sagrado, vou perguntar — disse Peter, com uma súbita adesão de precipitação. — Ele pode me dizer ou não, o problema é dele, mas não ficará ofendido, de qualquer forma.

Com esta reflexão inspiradora, Peter clareou sua voz e começou...

— Capitão! — disse ele. — Perdoe-me, capitão, talvez o senhor possa ser condescendente com minha ignorância a ponto de me dizer, se desejar, se é francês.

Perguntou isso, pensando que, se fosse como suspeitava, nenhuma palavra de sua pergunta teria sido inteligível para a pessoa a quem ele se dirigia. Ele foi, entretanto, compreendido, pois o oficial lhe respondeu em inglês, ao mesmo tempo diminuindo seu ritmo e se movendo um pouco para o lado do caminho, como se convidasse seu interrogador a tomar o lugar ao seu lado.

— Não, eu sou irlandês — respondeu ele.

— Eu humildemente agradeço a sua honra — disse Peter, aproximando-se, pois a afabilidade e a nacionalidade do oficial o encorajaram —, mas talvez sua honra esteja a serviço do rei da França.

— Eu sirvo o mesmo rei que você — respondeu ele, com um pesar doloroso que Peter não compreendeu na época; o oficial por sua vez, perguntou: — Mas o que vos chama a esta hora do dia?

— Do dia?! Da noite, quis dizer.

— Sempre conseguimos transformar a noite em dia, e nós nos mantemos assim — comentou o soldado. — Mas isso não importa. Venha até minha casa; tenho um serviço para você, se quiser ganhar algum dinheiro facilmente. Eu moro aqui.

Ao dizer isto, ele acenou com autoridade para Peter, que o seguiu quase mecanicamente, e eles subiram uma pequena rua perto de uma antiga capela católica, no fim da qual ficavam, de acordo com o que Peter se lembrava, as ruínas de uma casa alta, construída em pedra.

Como tudo na cidade, a casa havia sofrido uma metamorfose. As paredes manchadas e irregulares estavam agora eretas, perfeitas e cobertas com pedrinhas; os vidros brilhavam friamente em cada janela; a porta verde do salão tinha um batente de latão brilhante. Peter não sabia se devia acreditar em suas impressões anteriores ou atuais; ver é acreditar, e Peter não podia contestar a realidade da cena. Todos os registros de sua memória não pareciam mais do que imagens de um sonho bêbado. Em um transe de espanto e perplexidade, portanto, ele se submeteu às chances de sua aventura.

No que a porta se abriu, o oficial acenou com um ar melancólico de autoridade para ele e entrou. Nosso herói o seguiu até uma espécie de salão, que era muito escuro, mas foi guiado pelos passos do soldado e, em silêncio, eles subiram as escadas. A luz da lua, que brilhava nos vestíbulos, mostrava um velho e escuro candeeiro e um pesado corrimão de carvalho. Eles passaram por portas fechadas em diferentes lances de escadas, mas tudo estava escuro e silencioso, pois, de fato, era tarde da noite.

Subiram para o andar mais alto. O capitão fez uma pausa de um minuto na porta mais próxima e, com um forte gemido, empurrou-a, entrando na sala. Peter permaneceu no batente. Uma esguia forma feminina em uma espécie de manto branco solto e com uma grande quantidade de cabelos escuros soltos estava de pé no meio do cômodo, de costas.

O soldado parou pouco antes de alcançá-la e disse, em uma voz de grande angústia:

— Ainda a mesma coisa, doce ave, doce pássaro! Ainda a mesma coisa.

Em seguida, ela se virou de repente e jogou os braços no pescoço do oficial, com um gesto de carinho e desespero, e seu corpo se agitou como um estouro de soluços. Ele a segurou perto de seu peito em silêncio; Peter sentiu um estranho terror crescer nele enquanto testemunhava aquelas misteriosas demonstrações de tristezas e carícias.

— Esta noite, esta noite... e depois dez anos mais... dez longos anos... mais dez anos.

O oficial e a mulher pareciam falar estas palavras juntos; suas vozes se misturavam num lamento musical e tristonho, como um vento de verão distante, na hora morta da noite, vagueando por ruínas. Então ele ouviu o oficial dizer, sozinho, com um tom de angústia.

— Que caia tudo sobre mim, para sempre, doce passarinho, sobre mim.

E novamente eles pareciam lamentar juntos no mesmo tom suave e desolado, como sons de luto ouvidos de uma grande distância.

Peter estava extasiado com horror, mas também estava sob um estranho fascínio; e uma curiosidade intensa e terrível o prendera firmemente.

A lua brilhava obliquamente no quarto, e através da janela ele viu as inclinações familiares do parque, dormindo misteriosamente sob seu brilho. Também podia ver os móveis da sala com distinção tolerável

— as velhas cadeiras com encostos arredondados, uma cama de quatro pilares um pouco recuada, e um suporte contra a parede no qual alguns uniformes militares e acessórios estavam pendurados; a visão de todos esses objetos caseiros o tranquilizou um pouco, mas não podia deixar de sentir uma curiosidade indescritível de ver o rosto da garota, cujo cabelo comprido cobria a dragona do oficial.

Peter, então, tossiu, a princípio discretamente, e depois mais alto, para chamar a atenção da mulher concentrada em seu devaneio de dor. Aparentemente, ele conseguiu, pois ela se virou, assim como seu companheiro, e ambos, de mãos dadas, olharam fixamente para ele. Nunca tinha visto olhos tão grandes e estranhos em toda a sua vida; o olhar deles parecia arrefecer o próprio ar ao redor e prender o pulsar de seu coração. Uma eternidade de miséria e remorso estava nos rostos sombrios que olhavam para ele.

Se Peter tivesse tomado menos um dedal de uísque do que consumiu, muito provavelmente não estaria acreditando nessas figuras que pareciam assumir a cada momento um contraste mais marcado e temível, embora dificilmente definível, com as formas humanas comuns.

— O que vocês querem de mim? — gaguejou ele.

— Que traga meu tesouro perdido para o pátio da igreja — respondeu a senhora, em uma voz aguda de desolação imortal.

A palavra "tesouro" reavivou a antiga resolução de Peter, embora um suor frio o cobrisse e seus cabelos estivessem de pé; ele acreditava, no entanto, que estava à beira da sorte. Precisaria, contudo, controlar seus nervos para chegar ao fim da conversa.

— E onde — engasgou ele — está escondido... onde eu vou encontrá-lo?

Ambos apontaram para o parapeito da janela, através da qual a lua brilhava ao fundo da sala, e o soldado disse:

— Debaixo daquela pedra.

Peter respirou fundo e limpou o orvalho frio de seu rosto, preparando-se para passar pela janela, onde esperava assegurar a recompensa de seus prolongados terrores. Mas, olhando com firmeza, ele viu a fraca imagem de uma criança recém-nascida sentada no peitoril ao luar, com seus bracinhos esticados na sua direção, e um sorriso tão celestial como nunca havia visto antes.

Ao ver isto, é estranho dizer, seu coração falhou completamente. Ele olhou para as figuras próximas e as viu observando a forma infantil com um sorriso tão culpado e distorcido que sentiu como se estivesse entrando vivo no meio do cenário do inferno, e, tremendo, exclamou em uma agonia irreprimível de horror:

— Não tenho nada a tratar com vocês ou nada a ver com vocês; não sei o que diabos fizeram ou que diabos querem comigo, mas deixem-me ir neste minuto, em nome de Deus.

Com estas palavras veio um estranho estrondo e suspiro sobre os ouvidos de Peter; ele perdeu a visão e experimentou aquela sensação peculiar, mas não desagradável, de cair suavemente, que às vezes se sobrepõe ao sono, terminando em um choque. Depois disso, não teve nem sonho nem consciência até acordar, frio e rígido, esticado entre duas pilhas de lixo velho, entre as paredes negras e sem telhado da casa em ruínas.

Não precisamos mencionar que a aldeia voltou ao seu ar de negligência e decadência, ou que Peter olhou à sua volta em vão em busca de traços daquelas novidades que o haviam deixado tão intrigado e distraído na noite anterior.

— Sim, sim — disse sua avó, removendo seu cigarro da boca, enquanto Peter terminava sua descrição do que viu na ponte. — Lembro-me destas pequenas cabanas brancas entre os jardins à beira do rio, quando era garotinha. Os oficiais que eram casados, ou não tinham espaço no quartel, costumavam ficar nelas, mas já se foram há muito tempo.

Quando Peter descreveu a procissão militar, ficou ainda mais chocada:

— Senhor seja misericordioso conosco! Frequentemente eu via o regimento marchando para a cidade, assim como você o viu ontem à noite, caramba. Ah, meu coração se aperta em pensar naqueles tempos; eram agradáveis, com certeza, mas não é terrível, querido, pensar que foi o fantasma do regimento que você viu? O Senhor nos ajude, porque tenho certeza de que era isso, tão certa como estou de mim mesma, aqui sentada.

Quando ele mencionou a peculiar fisionomia e constituição do velho oficial que montava à frente do regimento, Alice confirmou:

— Esse — disse a velha, dogmaticamente — era o coronel Grimshaw, Senhor nos ajude! Ele está enterrado no adro da igreja em Chapelizod.

Bem me lembro dele; quando eu era jovenzinha, que danado que era, e popular com as garotas... que descanse em paz!

— Amém! — disse Peter. — Já vi sua lápide algumas vezes, mas ele está morto há muito tempo.

— Claro, ele morreu quando eu não era mais do que um pingo de gente. Deus me livre!

— Acho que eu mesmo não continuarei neste mundo por muito tempo, depois de ter uma visão como essa — disse Peter, temerosamente.

— Bobagem, querido — retorquiu sua avó, indignada, embora ela mesma tivesse dúvidas sobre isso. — Claro, teve o caso de Phil Doolan, o barqueiro, que viu Ann Scanlan em seu próprio barco, e que malefício ela causou?

Peter prosseguiu com sua narrativa, mas quando chegou à descrição da casa, na qual sua aventura tinha tido uma conclusão tão sinistra, a velha mulher começou a falhar.

— Eu conheço bem a casa e as paredes tortas, e lembro-me da época em que havia um telhado, portas e janelas nela, e tinha a má fama de ser assombrada, mas por quem ou para quê, eu esqueci completamente.

— Você já ouviu falar que havia ouro ou prata lá? — perguntou ele.

— Não, não, querido, não pense em coisas desse gênero; siga meu conselho e nunca mais se aproxime daquelas paredes negras feias até seu último dia. Juro para você, são as mesmas palavras que o próprio padre diria se buscasse seu conselho, pois é evidente que não foi nada bom o que você viu lá, e não há nem sorte nem graça nisso.

A aventura de Peter repercutiu na vizinhança, como o leitor pode muito bem supor. Algumas noites depois, a pedido do velho major Vandeleur, que vivia em uma confortável casa à moda antiga, perto do rio, sob um perfeito caramanchão de árvores antigas, ele foi chamado para contar a história na sala de estar.

O major era, como já disse, um homem velho; ele era pequeno, magro e reto, com uma tez de mogno e uma rigidez de madeira no rosto; ele era, além disso, um homem de poucas palavras, e se era velho, segue-se claramente que sua mãe era ainda mais velha. Ninguém podia adivinhar ou dizer quantos anos tinha, mas admitia-se que sua própria geração havia falecido havia muito tempo, e que ela não tinha mais nenhum concorrente. Ela tinha sangue francês em suas veias e, embora não mantivesse seus encantos tão bem como Ninon de Lenclos, estava em plena posse de todas as suas faculdades mentais, e falava o suficiente por si e pelo major.

— Então, Peter — disse ela —, você viu o querido Royal Irish novamente pelas ruas de Chapelizod. Prepare um copo de ponche para ele, Frank; e Peter, sente-se, e enquanto bebe, conte-nos a história.

Assim, Peter, sentado perto da porta, com um copo de ponche ao seu lado, prosseguiu, com maravilhosa coragem, considerando que não havia luz no ambiente a não ser o brilho incerto do fogo, e relatou em pormenores sua horrível aventura. A velha senhora escutou a princípio com um sorriso de incredulidade bem-humorado; suas opiniões a respeito da bebedeira em Palmerstown foram provocativas, mas, à medida que a narrativa prosseguia, ela se tornou atenta e absorvida, e uma ou duas vezes proferiu exclamações de piedade e pavor. Quando acabou, a velha senhora olhou com uma abstração um tanto triste e severa por sobre a mesa, dando tapinhas no gato, e, de repente olhando para seu filho, o major, ela disse.

— Frank, tão certo quanto eu vivo, ele viu o perverso capitão Devereux.

O major proferiu uma expressão inarticulada de maravilha.

— A casa foi precisamente o que ele descreveu. Contei-lhe a história algumas vezes, como ouvi de sua querida avó, sobre a pobre jovem que ele arruinou e a terrível suspeita sobre o bebezinho. Ela, coitada, morreu naquela casa com o coração partido, e como você sabe ele foi baleado pouco depois em um duelo.

Esta foi a única luz que Peter recebeu a respeito de sua aventura. Supunha-se, porém, que ele ainda se agarrava à esperança de que algum tesouro de algum tipo estaria escondido sob a velha casa, pois era visto com frequência à espreita e, finalmente, seu destino o surpreendeu, coitado, em sua busca; certo dia, ao escalar perto da cúpula, suas mãos cederam e ele caiu sobre o solo duro e irregular, fraturando uma perna e uma costela, e depois de um curto intervalo de tempo morreu. Ele, como os outros heróis deste verdadeiro conto, jazem enterrados no pequeno adro da igreja de Chapelizod.

A FOTOGRAFIA DA ESPOSA FALECIDA

S. Mukerji

Índia

1917

Esta história foi um sucesso quando contada pela primeira vez. Apareceu nos jornais e grandes físicos e filósofos foram, pelo menos assim pensaram, capazes de explicar o fenômeno. Narrarei o evento e também direi ao leitor as explicações que foram dadas, deixando-o, assim, tirar suas próprias conclusões.

Eis o que aconteceu.

Um amigo meu, funcionário do mesmo escritório em que eu trabalhava, era fotógrafo amador; vamos chamá-lo de Jones. Jones tinha uma câmera Sanderson de meia placa com lente Ross e obturador Thornton Picard atrás da lente, com liberação pneumática. A placa em questão era uma Wrattens comum, revelada com *developer* Ilford Pyro Soda preparado em casa. Dou todas estas informações para o benefício do leitor mais técnico.

O sr. Smith, outro funcionário em nosso escritório, convidou o sr. Jones para fazer um retrato da esposa e da cunhada.

Esta cunhada era a esposa do irmão mais velho do sr. Smith, que também era um funcionário do governo, então de licença. A ideia da fotografia foi da cunhada.

O próprio Jones era um fotógrafo apaixonado. Ele havia fotografado todos no escritório, incluindo os office boys e faxineiros, e havia até fornecido cópias de seu trabalho a todos os modelos. Então, ele consentiu de bom grado e esperou ansiosamente pelo domingo em que a fotografia seria tirada.

No domingo de manhã cedo, Jones foi para a casa dos Smith. A disposição da luz na varanda era tal que uma boa fotografia só poderia ser tirada depois do meio-dia; assim, ele ficou lá para o café da manhã.

Por volta de uma hora da tarde, todos os arranjos estavam feitos e as duas senhoras, as sras. Smith, foram acomodadas em duas cadeiras de palha. Depois de uma focalização longa e cuidadosa, movendo a câmera por cerca de uma hora, Jones ficou finalmente satisfeito e um clique foi feito. O sr. Jones estava confiante de que a placa era o suficiente; e assim, uma segunda placa não foi exposta,* embora no curso normal das coisas isso devesse ter sido feito.

Ele reuniu suas coisas e foi para casa prometendo revelar a placa na mesma noite e levar uma cópia da foto ao escritório no dia seguinte.

No dia seguinte, uma segunda-feira, Jones foi ao escritório muito cedo, e eu fui a primeira pessoa a encontrá-lo.

— Bem, sr. Fotógrafo, foi um sucesso? — perguntei.

— Consegui uma boa foto — disse Jones, desembrulhando uma foto sem moldura e me entregando — Muito engraçado, você não acha?

— Não, eu acho... Acho que está boa, de qualquer forma eu não esperava nada melhor de você... — disse eu.

— Não — disse Jones —, o engraçado é que havia apenas duas senhoras sentadas...

— Entendi — disse eu —, a terceira ficou em pé no meio.

— Não havia nenhuma terceira dama lá... — disse Jones.

— Então você imaginou que ela estava lá, e lá nós a encontramos...

— Estou te dizendo, havia apenas duas senhoras lá quando eu expus a placa — insistiu Jones. Ele parecia terrivelmente preocupado.

— Você quer que eu acredite que havia apenas duas pessoas quando a placa foi exposta e três quando ela foi revelada? — perguntei.

— Foi exatamente isso que aconteceu — disse Jones.

— Então deve ser o revelador mais maravilhoso que você já usou, ou houve uma segunda exposição dada à mesma placa?

— O revelador é aquele que tenho usado nos últimos três anos, e a placa, a que retirei no sábado à noite de uma caixa nova, a qual havia comprado no mesmo sábado, à tarde.

---

* A câmera escura, ainda utilizada na época em que se passa o conto, dependia de diversos fatores para a emissão de uma única fotografia sobre uma placa que precisava ser trocada em seguida [N. E.].

Vários outros funcionários tinham chegado nesse meio-tempo, e se interessaram muito pela fotografia e pela declaração de Jones.

É justo que uma descrição da imagem seja dada aqui para o benefício do leitor. Eu também gostaria de poder reproduzir a imagem original, mas isso, por certos motivos, é impossível.

Realmente, quando a placa foi exposta, havia apenas duas senhoras, ambas sentadas em cadeiras de palha. Quando a placa foi revelada descobriu-se que havia na imagem a figura de uma terceira moça, de pé, no meio. Ela usava um *dhoti* de barra larga (o leitor não deve esquecer que todos os personagens são indianos), sendo visível apenas a metade superior de seu corpo, a inferior estando coberta pelas costas baixas das cadeiras de palha. Ela estava distintamente atrás das cadeiras, e consequentemente um pouco fora de foco. Ainda assim, tudo estava bem nítido. Até mesmo seu longo colar era visível através da pequena abertura no *dhoti*, perto do ombro direito. Ela repousava as mãos sobre as costas das cadeiras e os dedos estavam quase totalmente desfocados, mas um anel no dedo anelar direito era claramente visível. Ela parecia uma bela jovem de vinte e dois anos, baixa e magra. Um dos brincos também era claramente visível, embora o próprio rosto estivesse ligeiramente fora de foco. Uma coisa, e provavelmente a coisa mais engraçada (que nós ignoramos naquele momento, mas observamos depois), era que imediatamente atrás das três senhoras estava uma janela gradeada. As duas senhoras, que estavam uma de cada lado, cobriam as barras até uma certa altura com seus corpos, mas a moça do meio era parcialmente transparente, porque as barras da janela eram um pouco visíveis através dela. Este fato, entretanto, como já disse, não tínhamos observado então. Apenas rimos de Jones e tentamos assegurar-lhe que ele estava bêbado ou sonolento. Neste momento, Smith, do nosso escritório, entrou, retirando os grampos de bicicleta das barras das calças.

Ele pegou a fotografia, olhou por um minuto, ficou vermelho, depois azul, depois verde, e, finalmente, muito pálido. É claro que lhe perguntamos qual era o problema e isto foi o que ele disse:

— A terceira dama no meio foi minha primeira esposa, que morreu há oito anos. Antes de sua morte, ela me pediu várias vezes para tirar sua fotografia. Ela costumava dizer que tinha um pressentimento de que poderia morrer mais cedo. Eu mesmo não acreditei nisso, mas não me opus à fotografia. Então, um dia chamei uma carruagem e lhe pedi para se vestir. Pretendíamos ir a um bom profissional. Ela se vestiu e a carruagem estava pronta, mas, quando íamos sair, chegou até nós a notícia de que sua mãe estava extremamente doente. Então, fomos vê--la. A mãe estava muito doente, e eu tive que deixá-la lá. Imediatamente depois fui enviado em serviço para outra estação e por isso não pude trazê-la de volta para casa. De fato, foi após três meses e meio que voltei, e, embora a mãe dela estivesse bem, minha esposa não estava. Quinze dias após meu retorno, ela morreu de febre puerperal após o parto e a criança também morreu. Sua fotografia nunca foi tirada. Quando ela se vestiu pela última vez, no dia em que saiu de minha casa, usava o colar e os brincos, como você vê na foto. Minha atual esposa os tem agora, mas geralmente não os coloca.

A história era absurda demais para ser verdade. Então, peguei a fotografia, deixei o escritório sem dar explicações e saí correndo em minha bicicleta. Fui até a casa do sr. Smith e procurei a sra. Smith. É claro que ela ficou muito supresa ao ver uma terceira dama na foto, mas não conseguiu adivinhar quem ela era. Isso eu já esperava, pois, se a história de Smith fosse verdadeira, aquela mulher nunca teria visto a primeira esposa de seu marido. A esposa do irmão mais velho, entretanto, logo reconheceu a semelhança e praticamente repetiu a história que Smith me contou mais cedo naquele dia. Ela até trouxe o colar e os brincos para minha inspeção e convicção. Eram os mesmos da fotografia.

Todos os principais jornais da época se apoderaram do fato e dentro de uma semana várias notícias foram publicadas sobre a fotografia fantasmagórica. O sr. Jones, contudo, recusou-se a fornecer cópias a qualquer pessoa por vários motivos, sendo o principal o fato de que Smith não autorizava. Sou, entretanto, o feliz possuidor de uma cópia que, por razões óbvias, não estou autorizado a mostrar a ninguém. Uma cópia da foto foi enviada para a América e outra para Inglaterra. Agora não me lembro exatamente a quem. Mostrei minha própria cópia a um padre — mestre, doutor, bacharel etc. — e lhe pedi que encontrasse uma explicação científica para o fenômeno. A seguinte explicação foi dada pelo cavalheiro (receio não poder reproduzir as palavras exatas do padre instruído, mas foi isto que ele quis dizer, ou pelo menos o que eu o entendi dizer):

— A garota em questão estava vestida desta maneira particular em uma ocasião, digamos, há dez anos. Sua imagem foi lançada no espaço e o reflexo foi projetado de um corpo luminoso (um planeta) a outro até fazer um circuito de milhões e milhões de milhas no espaço, e depois voltou à Terra no exato momento em que nosso amigo, o sr. Jones, fez a exposição.

"Tomemos, por exemplo, o caso de um homem que está tirando a fotografia de uma miragem. Ele está fotografando o lugar X do ponto Y, quando X e Y estão, digamos, a cinco quilômetros de distância, e pode ser que sua câmera esteja voltada para o leste, embora o lugar X esteja realmente voltado para o oeste do ponto Y."

Na escola eu tinha lido um pouco de ciência e química e era capaz de fazer análises simples; mas esta era uma questão grandiosa demais para minha compreensão limitada.

O fato, entretanto, permanece e acredito que a primeira esposa de Smith tenha voltado a este nosso globo terrestre mais de oito anos após sua morte para ser modelo de uma fotografia de tal maneira que, embora não afetasse a retina de nossos olhos, afetava uma placa sensibilizada; digo que não afetou a retina do olho porque Jones deve ter olhado para suas modelos no momento em que pressionou o bulbo do disparo pneumático do obturador instantâneo.

A história é impressionante, mas foi exatamente o que aconteceu. Smith diz que esta foi a primeira vez que ele viu ou que teve notícias de sua falecida esposa. Acredita-se popularmente na Índia que uma esposa morta dá muitos problemas se ela alguma vez revisitar esta Terra; esta não foi, graças a Deus, a experiência do meu amigo, o sr. Smith.

Faz mais de sete anos que o evento aqui mencionado aconteceu; e a garota morta nunca mais apareceu. Eu gostaria muito que uma fotografia das duas senhoras fosse tirada mais uma vez, mas nunca me aventurei a abordar Smith com a proposta. Na verdade, eu mesmo aprendi a fotografar com o objetivo de bater a foto das duas senhoras, no entanto, como já disse, nunca consegui falar com Smith sobre minha intenção, e provavelmente nunca conseguirei. As dez libras que gastei em meu equipamento fotográfico barato podem ter sido um desperdício. Mas aprendi uma arte que, embora bastante onerosa para meus recursos limitados, vale a pena se aprendida.

O PAPEL DE PAREDE AMARELO

Charlotte Perkins Gilman

Estados Unidos

1892

É muito raro para pessoas comuns como John e eu alugar casarões antigos para o verão.

Uma mansão colonial, uma propriedade hereditária, diria até que é uma casa assombrada, tão alta quanto a felicidade romântica — mas isso seria pedir demais do destino!

Ainda assim, declaro com orgulho que há algo de estranho nela.

Senão, por que seria tão barata? E por que ficou tanto tempo desocupada?

John ri de mim, é claro, mas isso é esperado em um casamento.

John é prático ao extremo. Ele não tem paciência com a fé, tem pavor de superstição e escarnece abertamente de qualquer conversa sobre coisas que não devem ser sentidas, vistas e medidas.

John é médico, e *talvez* — eu não diria isso a uma alma viva, claro, mas confesso aqui e é um grande alívio para minha mente —, apenas *talvez*, essa seja uma razão pela qual eu não estou me recuperando mais rápido.

Entenda, ele não acredita que eu estou doente!

E o que se pode fazer?

Se um médico conceituado, que por acaso é seu marido, assegura a amigos e parentes que não há realmente nada a ser feito, que se trata de uma depressão nervosa temporária — uma ligeira tendência histérica —, o que se pode fazer?

Meu irmão também é médico, também conceituado, e ele diz a mesma coisa.

Portanto, tomo fosfatos ou fosfitos — seja lá o que for, e tônicos, e viagens, e ar, e exercício, e estou absolutamente proibida de "trabalhar" até que eu esteja bem novamente.

Pessoalmente, discordo das opiniões deles.

Pessoalmente, acredito que um trabalho agradável, com animação e novidade, me faria bem.

Mas o que se pode fazer?

Eu escrevo um pouco, apesar do que eles dizem, mas isso *realmente* me exaure muito — tenho que ser dissimulada sobre isso, do contrário, encontraria uma forte oposição.

Às vezes, imagino que na minha condição, se eu tivesse menos oposição e mais parceria e estímulo... mas John diz que a pior coisa que posso fazer é ficar pensando sobre a minha situação, e confesso que isso sempre me faz sentir mal.

Então, vou deixar isso para lá e falar sobre a casa.

Que lugar bonito! É bastante isolado, bem afastado da estrada, a uns três quilômetros do vilarejo. Ela me faz pensar naqueles lugares ingleses sobre os quais lemos, pois há sebes, muros e portões com trancas, e muitas casinhas para os jardineiros e as pessoas.

Há um jardim *muito agradável*! Eu nunca vi um jardim tão grande e tranquilo, repleto de caminhos de pedras, enfileirados com pérgulas de uva e bancos espalhados.

Também havia estufas, mas estão todas quebradas.

Houve alguns problemas legais, creio eu, algo sobre herdeiros e co-herdeiros; de qualquer forma, o lugar está vazio há anos.

Isso dá asas à minha fantasmagoria, admito; mas não importa — há algo de estranho na casa, posso sentir.

Eu até disse isso a John numa noite de luar, mas ele respondeu que o que eu sentia era uma *corrente de ar*, e fechou a janela.

Às vezes fico irritada com John sem razão. Tenho certeza de que nunca fui tão sensível. Acho que isso se deve a essa doença dos nervos.

John diz que, se eu me sinto assim, me falta autocontrole; então, me esforço para me controlar (na frente dele, pelo menos), mas isso me deixa muito cansada.

Não gosto nem um pouco do nosso quarto. Eu queria um lá embaixo que se abrisse para o pátio e tivesse rosas por toda a janela, e cortinas antiquadas! Mas John não quis falar sobre isso.

Ele disse que lá há apenas uma janela e não há espaço para duas camas, e que não havia outro quarto próximo para ele se quisesse mais um.

Ele é muito cuidadoso e amoroso, dificilmente me deixa agir por conta própria, sem a devida orientação.

Tenho um remédio para cada hora do dia; ele cuida de mim e por isso me sinto ingrata em não valorizá-lo mais.

John disse que viemos para cá somente por minha causa — que assim eu conseguiria repousar perfeitamente e teria todo o ar que precisasse ter. "Seu exercício depende de sua força, minha querida", disse ele, "e sua comida depende de seu apetite; mas o ar você pode absorver o tempo todo". Então, ocupamos o antigo quarto das crianças, na parte superior da casa.

É um cômodo grande e arejado, ocupa quase todo o andar, com janelas que cobrem toda a parede e ar e sol em abundância. Tinha sido primeiro um berçário, depois um quarto de brincar e uma sala para ginástica, julgo; as janelas são gradeadas para crianças pequenas e há marcas estranhas nas paredes.

A pintura e o papel de parede parecem ter sido emprestados de uma escola de meninos. Está descamando — o papel— em grandes manchas ao redor da cabeceira da minha cama, até onde meus olhos alcançam, e do outro lado do quarto, bem abaixo. Eu nunca vi um papel de parede pior do que esse em minha vida.

Uma dessas estampas extravagantes, um pecado artístico.

É maçante o suficiente para confundir o olho, exagerado o suficiente para irritar constantemente e provocar curiosidade, e, quando você segue as curvas estúpidas e vacilantes por uma certa distância, elas de repente cometem suicídio — saltam em ângulos ultrajantes, destruindo-se em contradições sem precedentes.

A cor é desagradável, quase revoltante; um amarelo ardente, impuro, estranhamente desbotado pela luz do sol que se move lentamente.

Em alguns lugares é de um laranja tedioso, em outros, de uma tonalidade de enxofre doentia.

Não é de se admirar que as crianças odiassem! Eu mesma odiaria se tivesse que passar minha vida nesse quarto.

Lá vem John e eu devo guardar isto — ele não gosta de me ver escrevendo.

Estamos aqui há duas semanas e, desde aquele primeiro dia, ainda não tive vontade de escrever.

Estou sentada junto à janela agora, neste berçário atroz, e não há nada que impeça minha escrita, a não ser a falta de força.

John fica fora o dia todo, e até mesmo em algumas noites quando seus casos são sérios.

Estou feliz que meu caso não seja sério!

Mas estes problemas de nervos são terrivelmente deprimentes.

John não sabe o quanto eu realmente sofro. Sabe que não tenho motivos para sofrer, e isso o satisfaz.

É claro que é apenas nervosismo. E me sinto culpada por não cumprir meu dever de forma alguma!

Eu queria ser de grande ajuda para John, um abrigo e conforto; em vez disso, sou um fardo considerável!

Ninguém acreditaria no esforço que é fazer o pouco que sou capaz — vestir-me e entreter-me, e encomendar coisas.

É uma sorte que Mary seja tão boa com o bebê. Um bebê tão querido!

Mas, mesmo assim, não consigo estar com ele. Isso me deixa nervosa.

Suponho que John nunca esteve nervoso em sua vida. Ele ri tanto de mim por conta da história do papel de parede!

No início ele pretendia recobrir o papel, mas depois disse que eu estava deixando o quarto levar a melhor, e que nada era pior para um paciente nervoso do que dar lugar a tais obsessões.

Ele disse que, depois que o papel de parede fosse trocado, seriam as camas pesadas, e depois as janelas gradeadas, e depois aquele portão no topo das escadas, e assim por diante.

— Você sabe que o lugar está lhe fazendo bem — disse ele —, e realmente, querida, eu não vejo sentido em renovar a casa apenas por três meses de aluguel.

— Então deixe-nos descer — disse eu —, lá embaixo os cômodos são tão bonitos.

E então ele me abraçou e me chamou de pombinha, e disse que desceria ao porão se eu quisesse, e mandaria limpá-lo também.

Mas ele está certo sobre as camas, as janelas e as coisas.

É um quarto tão arejado e confortável quanto necessário, e, é claro, eu não seria tão tola a ponto de deixar meu marido desconfortável apenas por um capricho.

Estou realmente gostando do grande quarto; de tudo, menos daquele papel de parede horrível.

De uma das janelas eu posso ver o jardim, aquelas pérgulas misteriosas e suas sombras, as flores antiquadas revoltosas, os arbustos e as árvores retorcidas.

De outra tenho uma bela vista da baía e de um pequeno cais particular que pertence à propriedade. Há um lindo caminho sombreado que desce da casa. Sempre imagino ver pessoas andando por esses numerosos caminhos e arbustos, mas John me advertiu para não dar lugar às fantasias. Ele diz que, com meu poder imaginativo e hábito de criar histórias, uma fraqueza nervosa como a minha certamente levará a todo tipo de fantasia animada, e que eu deveria usar minha boa vontade e bom senso para identificar essa tendência. Portanto, eu tento.

Às vezes, penso que, se eu estivesse apenas bem o suficiente para escrever um pouco, isso aliviaria o turbilhão de ideias e me tranquilizaria.

Mas acho que fico bastante cansada quando tento.

É tão desanimador não ter nenhum conselho e companheirismo em meu trabalho. Quando eu ficar realmente bem, John disse que vamos convidar primo Henry e Julia para uma longa visita; mas disse que também colocaria fogos de artifício em minha fronha antes de permitir que eu recebesse tais pessoas estimulantes nesse momento.

Quem me dera melhorar mais rápido.

Mas não devo pensar sobre isso. Este papel de parede parece me encarar sabendo a influência viciosa que tem!

Há um pedaço onde o padrão parece um pescoço quebrado, com dois olhos bulbosos olhando para você de cabeça para baixo.

Eu fico irritada com a impertinência e a perenidade dele. Para onde quer que olhe, lá está ele, e aqueles olhos absurdos, que te encaram, estão por toda parte. Há um lugar em que duas folhas não combinam, e os olhos sobem e descem a linha, um mais alto do que o outro.

Nunca vi tanta expressão em uma coisa inanimada antes, e todos nós sabemos quanta expressão elas têm! Eu costumava ficar acordada quando criança, me entretendo (e me assustando) com paredes vazias e móveis comuns mais do que qualquer outra coisa disponível em uma loja de brinquedos.

Lembro-me de como os puxadores de nosso grande e velho armário costumavam piscar os olhos, e havia uma cadeira que sempre me pareceu amigável.

Eu costumava sentir que, se alguma das outras coisas parecesse muito apavorante, eu poderia saltar para cima daquela cadeira e ficar segura.

No entanto, os móveis neste quarto são mais desarmônicos do que feios, pois tivemos que trazer tudo lá de baixo. Suponho que, na época em que o cômodo funcionava como quarto de brinquedos, eles tiveram que tirar as coisas do berçário, e não é de se admirar! Eu nunca vi tamanha devastação como a que foi engendrada pelas crianças neste cômodo.

O papel, como disse antes, foi arrancado em partes, e está extremamente grudado à parede — as crianças devem ter se empenhado.

O chão está arranhado e rachado, o próprio gesso está desnivelado aqui e ali, e esta grande cama pesada, que foi tudo o que encontramos no quarto, parece ter sobrevivido a uma guerra.

Mas eu não me importo com nada disso — só com o papel de parede.

Lá vem a irmã de John. Uma garota tão querida e tão cuidadosa comigo! Não posso deixar que ela me encontre escrevendo.

Ela é uma governanta perfeita, e não tem ambição de ter uma profissão melhor. Acredito sinceramente que ela pensa que foi a escrita que me deixou doente!

Mas eu posso escrever quando ela está fora, e posso vê-la a longas distâncias por estas janelas.

Há uma que dá para a estrada, uma estrada adorável, sombreada e sinuosa, e outra que dá para o campo. Um campo encantador, também, cheio de grandes olmos e prados aveludados.

Este papel de parede tem uma espécie de subpadrão em uma tonalidade diferente, particularmente irritante, pois você só pode vê-lo em certas luzes, e mesmo assim não claramente.

Mas nos lugares onde não está desbotado, e onde o sol repousa, posso ver uma figura estranha, provocante, sem forma, que parece estar aborrecida atrás daquele desenho tolo e conspícuo da frente.

Lá está a irmã na escada!

Bem, o feriado de 4 de Julho já passou! As pessoas se foram e eu estou cansada. John pensou que poderia me fazer bem ter um pouco de companhia, por isso recebemos minha mãe, Nellie, e as crianças por uma semana.

É claro que eu não fiz nada. Jennie cuida de tudo agora.

Mas isso me cansou da mesma forma.

John diz que se eu não melhorar logo ele me mandará até Weir Mitchell* no outono.

Mas eu não quero ir até lá de forma alguma. Tive uma amiga que esteve sob seus cuidados uma vez, e ela diz que ele é como John e meu irmão, só que pior ainda!

Além disso, é um compromisso tão grande ir tão longe.

Não sinto como se valesse tentar qualquer coisa, e estou ficando terrivelmente irritadiça e lamuriante.

Eu choro por tudo, e choro a maior parte do tempo.

Claro que não o faço quando John ou qualquer outra pessoa está aqui, mas sempre quando estou sozinha.

E estou sozinha boa parte do tempo. John precisa ficar na cidade muitas vezes por conta dos casos sérios, e Jennie é boa e me deixa em paz quando eu quero.

Então, costumo andar um pouco no jardim ou por aquele caminho adorável, sento-me no alpendre sob as rosas, ou me deito aqui em cima um bom tempo.

Estou gostando muito do quarto, apesar do papel de parede. Talvez *por causa* do papel de parede.

É o que me vem à cabeça!

Deito-me aqui, nesta grande cama imóvel — creio que está pregada ao chão —, e acompanho o padrão da estampa por horas. É tão bom quanto uma ginástica, asseguro-lhe. Começo, por assim dizer, pelo fundo, no canto onde nunca foi tocado, e determino pela milésima vez que vou seguir esse padrão sem sentido até chegar a uma espécie de conclusão.

Conheço um pouco de princípios de design, e sei que esta coisa não foi organizada sob nenhum padrão de radiação, alternância, repetição, simetria ou qualquer outra coisa que eu já tenha ouvido falar.

---

* Médico, cientista e poeta americano considerado o pai da neurologia clínica e pioneiro, entre outras coisas, na terapia de cura por meio do repouso [N. E.].

É repetido, é claro, por amplitude, mas não de outra forma.

Olhada por um ângulo, cada amplitude se sustenta sozinha, as curvas e floreados inchados — uma espécie de "romanesco degradado" com *delirium tremens* — vão se agitando para cima e para baixo em colunas isoladas de fatuidade.

Mas, por outro lado, elas se conectam diagonalmente, e os contornos esparramados se desprendem em grandes ondas oblíquas de horror óptico, como muitas algas marinhas envolvidas correndo umas atrás das outras.

A coisa toda também corre horizontalmente, ou pelo menos parece, e eu me canso de tentar distinguir a ordem de seu caminhar nessa direção.

Eles usaram uma largura horizontal para um friso, e isso adiciona maravilhosamente à confusão.

Há uma extremidade da sala onde ele está quase intacto, e lá, quando as luzes se apagam e o sol baixo brilha diretamente sobre ele, posso quase imaginar a radiação, afinal — aquelas coisas grotescas intermináveis parecem se formar em torno de um centro comum e se precipitam em mergulhos de igual distração.

Fico cansada de segui-las. Vou tirar uma soneca, acho.

Não sei por que devo escrever isto.

Eu não quero.

Eu não me sinto capaz.

E eu sei que John acharia absurdo. Mas devo dizer o que sinto e penso de alguma forma — é um grande alívio!

Mas o esforço está se tornando maior do que o alívio.

Agora, metade do tempo estou terrivelmente preguiçosa, e deito-me sempre que posso.

John diz que eu não devo perder minhas forças, e me faz tomar óleo de fígado de bacalhau, muitos tônicos e outras coisas, para não mencionar a cerveja, o vinho e a carne malpassada.

Querido John! Ele me ama muito e odeia me ver doente. Tentei ter uma conversa muito séria e razoável com ele no outro dia e dizer-lhe que o gostaria que me deixasse visitar primo Henry e Julia.

Mas ele disse que eu não seria capaz de ir, nem de aguentar depois de chegar lá; não consegui defender meu argumento muito bem, pois já estava chorando antes de terminar de falar.

Pensar direito está começando a ser um grande esforço para mim. É apenas esta fraqueza nervosa, eu suponho.

E meu querido John me acolheu em seus braços, levou-me para cima e me deitou na cama, sentou-se ao meu lado e leu para mim até eu cansar.

Ele disse que eu era sua querida e seu conforto, que eu era tudo o que ele tinha e que eu devia cuidar de mim mesma por ele, e ficar bem.

Diz que ninguém além de mim pode me ajudar, que devo usar minha vontade e autocontrole, e não me deixar levar por nenhuma ideia boba.

Há um conforto: o bebê está bem e feliz, e não precisa ocupar este berçário com o horrível papel de parede.

Se não o tivéssemos ocupado, aquela criança abençoada o teria feito! Que bom que não foi preciso! Oras, eu não admitiria um filho meu, uma coisinha impressionável, vivendo em tal quarto.

Nunca tinha pensado nisso antes, mas é uma sorte que John tenha me mantido aqui, afinal de contas. Eu suporto isso muito mais facilmente do que um bebê, entende?

É claro que nunca falo disso com eles — sou mais inteligente do que isso —, mas fico de olho em tudo, da mesma forma.

Há coisas naquele papel que ninguém sabe, nem saberá, além de mim.

Atrás daquela estampa externa, as formas mais sombrias ficam claras a cada dia.

É sempre a mesma forma, apenas muito numerosa.

E é como se houvesse uma mulher se agachando e rastejando por trás desse padrão. Não gosto nem um pouco. Pergunto-me... começo a pensar... que gostaria que John me levasse embora daqui.

É tão difícil falar com John sobre meu caso, porque ele é tão sábio e me ama tanto.

Mas tentei ontem à noite.

Já era tarde. A lua brilhava em toda a volta, assim como o sol.

Detesto vê-la às vezes; ela rasteja tão lentamente, e sempre entra por uma janela ou outra.

John estava dormindo e eu detestava acordá-lo, então fiquei quieta e observei a luz da lua naquele papel de parede ondulado até me sentir arrepiada.

A figura tênue atrás parecia balançar a estampa, como se quisesse sair.

Levantei-me suavemente e fui sentir e ver se o papel se movia; quando retornei, John estava acordado.

— O que foi, querida? — disse ele. — Não ande por aí assim, você vai ficar com frio.

Achei que era uma boa hora para conversar, então lhe disse que realmente não estava melhorando aqui, e que eu desejava que ele me levasse embora.

— Mas, querida! — disse ele. — Nosso contrato terminará em três semanas, e não temos como cancelar antes.

"Os reparos na outra casa não estão terminados, e não posso deixar a cidade neste momento. Claro que se você estivesse em qualquer perigo eu poderia e deixaria, mas você está realmente melhor, querida, quer você entenda isso ou não. Eu sou médico, querida, e sei do que estou falando. Você está ganhando peso e cor, seu apetite está melhor. Eu me sinto realmente muito mais esperançoso em relação a você."

— Não ganhei nem um pouco de peso — disse eu. — Nem um pouco, e meu apetite pode estar melhor à noite, quando você está aqui, mas é pior pela manhã, quando você está fora.

— Abençoado seja o seu coraçãozinho — disse ele com um grande abraço —; a mulher estará tão doente quanto lhe apetecer! Mas agora vamos aproveitar as horas brilhantes indo dormir, e falar sobre isso pela manhã!

— E você não vai embora? — perguntei com tristeza.

— Oras, como eu poderia, querida? São apenas mais três semanas e então faremos uma pequena viagem de alguns dias enquanto Jennie prepara a casa. Realmente, querida, você está melhor!

— Melhor no corpo, talvez — comecei e logo parei, pois ele se sentou e me olhou de forma tão severa e reprovadora que não pude dizer outra palavra.

— Minha querida — disse ele —, eu te imploro, por mim e por nosso filho, assim como por você mesma, que nem por um instante deixe essa ideia entrar em sua mente! Não há nada tão perigoso, tão interessante, para um temperamento como o seu. É uma fantasia falsa e tola. Não confia em mim como médico quando lhe digo isso?

Portanto, é claro que eu não disse mais nada a esse respeito, e logo fomos dormir. Ele pensou que eu estivesse dormindo, porém fiquei lá deitada por horas tentando decidir se o padrão frontal e o padrão traseiro se moviam juntos ou separados.

Em uma estampa como esta, à luz do dia, há uma falta de sequência, um desafio à lei, que é constantemente irritante para uma mente normal.

A cor é hedionda, não confiável e revoltante o suficiente, mas o padrão consegue ser torturante.

Você acha que dominou, mas, assim que consegue segui-lo, ele te dá uma rasteira, uma bofetada na cara, te derruba e te pisoteia. É um pesadelo.

O padrão externo é um arabesco florido, lembrando fungos. Se você consegue imaginar um cogumelo com articulações, uma linha interminável de cogumelos, brotando e florescendo em convoluções infinitas — então, é algo parecido com isso.

Isto é, às vezes!

Há uma peculiaridade marcada neste papel de parede, uma coisa que ninguém parece notar além de mim: ele muda à medida que a luz se move.

Quando o sol entra pela janela leste — eu sempre observo o primeiro raio — ele muda tão rapidamente que eu mal consigo acreditar.

É por isso que eu o observo sempre.

Ao luar (que brilha dentro do cômodo em todas as noites em que há uma lua) já não seria possível saber que é o mesmo papel de parede.

À noite, em qualquer tipo de luz, ao crepúsculo, à luz de velas, à luz das lamparinas e, o pior de tudo, à luz da lua, ele se transforma em barras! O padrão externo, quero dizer, e a mulher por trás dele é tão nítida quanto possível.

Durante muito tempo não me dei conta do que era aquilo por trás — aquele subpadrão escuro —, mas agora tenho certeza de que é uma mulher.

À luz do dia ela é subjugada, quieta. Acho que é o padrão que a mantém assim. É tão intrigante. Isso me mantém entretida por horas.

Tenho ficado muito tempo deitada. John diz que é bom para mim, e durmo o máximo que posso.

De fato, foi ele quem induziu o hábito, fazendo-me deitar por uma hora após cada refeição.

É um hábito muito ruim, estou convencida, pois, veja, eu não durmo.

E isso cultiva o engano, pois não lhe digo que estou acordada — ah, não!

O fato é que estou ficando com um pouco de medo de John.

Ele age muito estranhamente às vezes, e até mesmo Jennie tem sustentado um olhar inexplicável.

Ocasionalmente me ocorre, como se fosse uma hipótese científica, que talvez seja o papel provocando tudo isso.

Tenho observado John sem que ele perceba, e entrado no quarto de supetão com as desculpas mais inocentes, e o peguei várias vezes *olhando para o papel*! E Jennie, também. Uma vez peguei Jennie com a mão na parede.

Ela não sabia que eu estava no cômodo. Quando lhe perguntei, com uma voz calma e com a maior moderação possível, o que ela estava fazendo com o papel de parede, virou-se como se tivesse sido pega roubando, e parecia bastante irritada — perguntou-me por que eu estava dando sustos nela daquele jeito!

Depois ela disse que o papel manchava tudo em que tocava, que ela havia encontrado pedacinhos amarelos em todas as minhas roupas e nas de John, e desejava que tivéssemos mais cuidado.

Isso não soou inocente? Mas eu sei que ela estava estudando a estampa, e estou convicta de que ninguém a não ser eu mesma deverá desvendar o segredo!

A vida é muito mais excitante agora do que costumava ser. Tenho algo mais a esperar, a aguardar, a observar, entende? Eu realmente estou comendo melhor, e estou mais tranquila do que estava.

John está tão contente de me ver melhorar! Ele riu um pouco no outro dia, e disse que eu parecia estar florescendo apesar do meu papel de parede.

Fugi do assunto com uma risada. Eu não tinha intenção de lhe dizer que era *por causa* do papel de parede — ele riria de mim. Poderia até querer me levar embora.

Não quero sair agora, até que eu tenha desvendado. Há mais uma semana pela frente e acho que isso será suficiente.

Estou me sentindo muito melhor! Não durmo muito à noite, pois é muito interessante observar os padrões; mas durmo bastante durante o dia.

Durante o dia, o papel é cansativo e desconcertante.

Há sempre novos rebentos no fungo, e novos tons de amarelo por todo lado. Não posso continuar contando, embora eu tenha tentado conscienciosamente.

É o amarelo mais estranho, a cor daquele papel de parede! Isso me faz pensar em todas as coisas amarelas que já vi — não nas bonitas, como ranunculus, mas nas coisas velhas, sujas e ruins.

Mas há algo mais sobre este papel — o cheiro! Notei assim que entramos no quarto, mas com tanto ar e sol, não estava tão ruim. Agora que tivemos uma semana de neblina e chuva, e quer as janelas estivessem abertas ou não, o cheiro estava aqui.

Ele rasteja por toda a casa.

Eu o sinto pairando na sala de jantar, esquivando-se na sala de estar, escondido no salão, deitado à minha espera nas escadas.

Ele gruda no meu cabelo.

Mesmo quando estou andando, se viro a cabeça de repente, surpresa! Lá está o cheiro!

Um cheiro bem peculiar! Passei horas tentando analisá-lo, para descobrir o que era.

Não é ruim, a princípio, e é muito suave; mas é o odor simultaneamente mais sutil e duradouro que eu já conheci.

Com este tempo úmido, no entanto, é horrível. Acordo durante a noite e encontro-o pairando sobre mim.

A princípio, isso me incomodava. Pensei seriamente em queimar a casa para tentar atingir o cheiro.

Contudo, agora estou acostumada com ele. A única coisa que me ocorre ser parecida com ele é a própria *cor* do papel! É um cheiro amarelo.

Há uma marca muito engraçada nesta parede, embaixo, próxima ao rodapé. Uma linha que percorre todo o quarto. Corre atrás de cada móvel, exceto a cama; é longa, reta, meio embaçada, como se tivesse sido esfregada várias vezes.

Pergunto-me como foi feita e quem a fez, e por que a fizeram. Ela continua, continua, continua — me deixa até tonta!

Finalmente descobri algo.

De tanto observar à noite, quando o padrão muda, finalmente descobri.

O padrão frontal *realmente* se move — e não é de se admirar! A mulher que está lá balança ele!

Às vezes eu acho que há muitas mulheres lá atrás, e às vezes apenas uma; ela rasteja rápido e esse movimento sacode tudo.

Então, nos pontos com mais luz, ela se mantém quieta, e nos lugares muito sombrios ela se apodera das barras e as sacode com força.

E está o tempo todo tentando sair. Mas ninguém poderia sair dessa estampa — ela estrangula aqueles que tentam; acho que é por isso que tem tantas cabeças.

Elas tentam sair e então a estampa as estrangula e as vira de cabeça para baixo, e torna seus olhos brancos!

Se essas cabeças fossem cobertas ou arrancadas, seria um pouco melhor.

Eu acho que aquela mulher sai durante o dia!

E eu lhe direi, confidencialmente, o porquê: eu já a vi!

Eu posso vê-la do lado de fora de cada uma das minhas janelas!

É a mesma mulher, eu sei, pois está sempre rastejando, e a maioria das mulheres não rasteja à luz do dia.

Eu a vejo naquela longa faixa sombreada, rastejando para cima e para baixo. Vejo-a naquelas árvores de uva escuras, rastejando por todo o jardim.

Vejo-a naquela longa estrada sob as árvores, rastejando ao longo dela, e, quando chega uma carruagem, ela se esconde sob as videiras de amora silvestre.

Eu não a culpo nem um pouco. Deve ser muito humilhante ser pega rastejando à luz do dia!

Eu sempre tranco a porta quando rastejo à luz do dia. Não posso fazer isso à noite, pois sei que imediatamente John suspeitaria de algo.

E John está tão estranho ultimamente que não quero irritá-lo. Eu gostaria que ele fosse para outro quarto! Além disso, não quero que ninguém liberte aquela mulher à noite, a não ser eu mesma.

Muitas vezes me pergunto se poderia vê-la de todas as janelas ao mesmo tempo.

Mas, mesmo virando o mais rápido que posso, só consigo olhar uma de cada vez.

E, embora eu a veja sempre, ela *consegue* rastejar mais rápido do que consigo virar!

Observei-a às vezes no campo aberto, rastejando tão rápido como a sombra de uma nuvem em meio a um vento forte.

Se ao menos o padrão superior da estampa pudesse ser arrancado!

Quero tentar, pouco a pouco.

Descobri outra coisa engraçada, mas não vou contar desta vez! Não faz bem confiar muito nas pessoas.

Há apenas mais dois dias para tirar este papel de parede, e acredito que John está começando a notar. Eu não gosto do olhar dele.

E eu o ouvi fazer muitas perguntas profissionais à Jennie a meu respeito. Ela tinha um relatório bem extenso para dar.

Ela disse que eu durmo muito durante o dia.

John sabe que eu não durmo muito bem à noite, mesmo que fique tão quieta.

Ele também me faz todo tipo de pergunta e finge ser muito amoroso e gentil.

Como se pudesse me enganar!

Ainda assim, não me surpreende que ele aja dessa forma, dormindo debaixo deste papel de parede há três meses.

O papel só é interessante para mim, mas tenho certeza de que John e Jennie são secretamente afetados por ele.

Viva! É o último dia, mas é o suficiente. John vai passar a noite na cidade, e só sairá esta tarde.

Jennie queria dormir comigo — que dissimulada! Porém eu lhe disse que sem dúvida descansaria melhor se passasse a noite sozinha.

Isso foi inteligente, pois, na verdade, eu não estava nem um pouco sozinha! Tão logo chegou o luar, aquela coitada começou a rastejar e sacudir o padrão; eu me levantei e corri para ajudá-la.

Eu puxei e ela sacudiu, eu sacudi e ela puxou, e antes de amanhecer tínhamos descascado metros daquele papel.

Uma faixa mais extensa do que meu próprio comprimento foi arrancada ao redor da sala.

E, então, quando o sol chegou e aquele padrão horrível começou a rir de mim, eu declarei que o terminaria hoje!

Vamos embora amanhã, e eles estão mudando todos os móveis para baixo novamente para deixar as coisas como estavam.

Jennie olhou para a parede maravilhada, mas eu lhe disse alegremente que o fiz por puro rancor à coisa viciosa.

Ela riu e disse que não se importaria de fazer aquilo por mim, que eu não deveria me cansar.

Como ela se traiu desta vez!

Eu estou aqui, e ninguém toca neste papel a não ser eu — ninguém *vivo*!

Ela tentou me tirar do quarto — estava tão evidente! Mas eu disse que estava tudo tão quieto, vazio e limpo e que eu me deitaria novamente e dormiria o quanto pudesse. Pedi que não me acordasse nem mesmo para jantar — eu a chamaria quando acordasse.

Então, ela se foi, e os criados se foram, e as coisas se foram, não sobrou nada além daquela grande cama pregada ao chão, com o colchão de lona que encontramos nela.

Dormiremos lá embaixo esta noite, e levaremos o barco para casa amanhã.

Eu gosto muito do quarto, agora está vazio novamente.

Como essas crianças rasgaram tudo por aqui!

Este leito está bastante puído!

Preciso voltar ao trabalho.

Eu tranquei a porta e joguei a chave no pátio da frente.

Eu não quero sair e não quero que ninguém entre até que John chegue.

Quero surpreendê-lo.

Tenho aqui uma corda que nem mesmo Jennie encontrou. Se aquela mulher sair e tentar fugir eu posso amarrá-la!

Mas eu esqueci que não poderia chegar tão alto sem nada para subir!

Esta cama *não* se move!

Tentei levantá-la e empurrá-la até ficar exausta, e depois fiquei tão irritada que mordi um pedacinho em um canto — mas isso machucou meus dentes.

Em seguida, descasquei todo o papel que pude alcançar de pé. Ele gruda horrivelmente e a estampa adora isso! Todas aquelas cabeças estranguladas, olhos inchados e fungos brotando gritam de zombaria!

Estou ficando com raiva o suficiente para fazer algo desesperado. Pular pela janela seria um exercício admirável, mas as grades são muito fortes até mesmo para tentar.

Além disso, eu não faria. É claro que não. Sei muito bem que um passo como esse é impróprio e pode ser mal interpretado.

Não gosto nem de *olhar* para fora das janelas — há tantas daquelas mulheres rastejantes, e elas rastejam tão rápido.

Será que todas elas saíram daquele papel de parede como eu saí?

Mas agora estou presa com segurança pela minha corda — ninguém vai me levar daqui!

Suponho que terei que voltar para trás da estampa quando a noite chegar, e isso é difícil!

É tão agradável estar neste grande quarto e rastejar como eu quiser!

Eu não quero ir lá fora. Não irei, mesmo que Jennie me peça.

Pois do lado de fora você tem que rastejar no chão, e tudo é verde em vez de amarelo.

Mas aqui eu posso rastejar suavemente no chão, e meu ombro passa naquela longa linha ao redor da parede, então não me perco.

Ah, John está à porta!

É inútil, querido. Você não pode abri-la!

Mas como ele chama e bate!

Agora ele está pedindo por um machado.

Seria uma pena derrubar aquela bela porta!

— John, querido! — disse eu, com a mais gentil voz. — A chave está na escada da entrada, debaixo de uma folha!

Isso o silenciou por alguns momentos.

Então ele disse, bem baixinho:

— Abra a porta, minha querida!

— Não posso — disse. — A chave está na porta da frente, debaixo de uma folha!

E então disse novamente, várias vezes, muito suave e lentamente, e repeti tanto que ele teve que ir verificar. Ele a pegou, é claro, e entrou. Ele parou logo à porta.

— Qual é o problema? — gritou ele. — Pelo amor de Deus, o que você está fazendo?

Continuei me arrastando da mesma forma, mas olhei para ele por cima do meu ombro.

— Eu finalmente saí — disse —, apesar de você e Jennie! E eu tirei a maior parte do papel, então você não pode me colocar de volta!

Por que aquele homem desmaiou? Mas ele o fez, e bem em frente ao meu caminho junto à parede, de modo que eu tive que rastejar por cima dele.

O FANTASMA AGRADECIDO

Im Bang

Coreia

1913

Conta-se que nos dias da dinastia Koryo (918-1392 d.C.), quando um exame seria realizado, certo acadêmico vinha de uma parte distante do país para participar do processo. Já durante sua jornada, o dia estava chegando ao fim e ele se encontrou emparedado entre as montanhas. De repente, ouviu um espirro entre as trepadeiras e os arbustos à beira da estrada, mas não pôde ver ninguém. Achando estranho, ele desmontou de seu cavalo, reduziu o passo e escutou. Ele ouviu novamente, e parecia vir das raízes da trepadeira próxima; ordenou, então, que seu criado cavasse em torno dela e observasse. Ele cavou e encontrou o crânio de um homem morto. Estava cheio de terra, e as raízes da trepadeira haviam passado pelas suas narinas. O espirro fora causado pelo desconforto sentido pelo espírito de ter o nariz tão incomodado.

O candidato sentiu pena, lavou o crânio em água limpa, envolveu-o em papel e o enterrou novamente em seu antigo lugar na encosta. Além disso, montou uma tábua de comida, ofereceu sacrifício e fez uma oração.

Naquela noite, em um sonho, um velho acadêmico de cabelos brancos veio até ele, curvou-se, agradeceu-lhe e disse:

> Por causa do pecado cometido em uma vida anterior, morri fora de época e antes de ter cumprido meus dias. Minha posteridade também foi toda destruída, meu corpo desmoronou de volta ao pó, meu crânio permaneceu sozinho, e foi isso que você encontrou debaixo da trepadeira. Por causa da raiz passando por ele, o incômodo foi grande, e não pude deixar de espirrar. Por boa sorte você e seu bondoso coração, bendito do céu, tiveram pena de mim, e me enterraram em um lugar limpo, dando-me comida. Sua bondade é maior que as

montanhas, e semelhante à bênção que me trouxe à vida pela primeira vez. Embora minha alma não seja de forma alguma perfeita, anseio por alguma maneira de retribuir seu favor, e por isso exerci meus poderes em seu benefício. Sua viagem atual tem como propósito o exame oficial, portanto, lhe darei as ferramentas de antemão para que você passe, e qual deve ser o assunto. O tema é "Picos e espirais das nuvens de verão", e os versos deverão estar no formato a seguir. Eu já compus uma versão para você, que, se desejar usar, sem dúvida lhe conquistará o primeiro lugar. Eis aqui:

O sol branco cavalgava no alto dos céus,

E as nuvens flutuantes formavam um pico elevado;

O sacerdote que os viu perguntou se havia ali um templo,

E a garça lamentou o fato de que não havia pinheiros visíveis;

Mas os relâmpagos da nuvem eram os reflexos do machado do lenhador,

E os trovões abafados eram os chamados dos sinos do templo sagrado.

Alguém dirá que as colinas não se movem?

Na brisa do pôr do sol, eles navegaram para longe.

Depois de declará-lo, ele se curvou e partiu.

O homem, maravilhado, despertado de seu sonho, chegou a Seul; e eis que o assunto era como predito pelo espírito. Ele escreveu os versos que lhe foram dados, e tornou-se o primeiro colocado.

O QUE FOI ISSO?

Fitz-James O'Brien

Nova York, Estados Unidos

1859

Sim, confesso, é com considerável desconfiança que me aproximo da estranha narrativa que estou prestes a relatar. Os eventos que pretendo detalhar são de um caráter tão extraordinário que estou preparado para enfrentar uma quantidade incomum de incredulidade e escárnio. Aceito tudo isso de antemão. Eu tenho, acredito, a coragem literária para enfrentar a descrença. Após madura consideração, resolvi narrar, da maneira mais simples e direta possível, alguns fatos que chegaram à minha atenção no mês de julho passado, e que, nos anais dos mistérios da ciência física, são totalmente inigualáveis.

Moro no número... da 26th Street, em Nova York. A casa é, em alguns aspectos, curiosa. Há dois anos, desfruta da reputação de ser assombrada. É uma residência grande e imponente, cercada pelo que antes era um jardim, mas agora é apenas um quadrado verde usado para quarar roupas. Uma bacia seca do que um dia foi uma fonte e algumas árvores frutíferas irregulares e não podadas indicam que este local foi no passado um retiro agradável à sombra, cheio de frutas e flores e embalado pelo murmúrio doce das águas.

A casa é muito espaçosa. Um hall de tamanho nobre leva a uma grande escadaria em espiral que atravessa seu centro, enquanto os vários aposentos são de dimensões imponentes. Ela foi construída há uns quinze ou vinte anos pelo sr. A..., conhecido comerciante de Nova York, que há cinco anos chocou o mundo comercial ao engendrar uma estupenda fraude bancária. O sr. A..., como todos sabem, fugiu para a Europa, e morreu pouco tempo depois, de um coração partido. Quase imediatamente após a notícia de seu falecimento ter chegado a este país e ter sido verificada, o assunto que correu pela 26th foi que a casa número... era assombrada. Medidas legais tinham desapossado a viúva do antigo proprietário, e a casa era habitada apenas pelo zelador e sua esposa, colocados ali pelo agente imobiliário responsável pelo aluguel ou venda. Essas pessoas declararam que estavam sendo perturbadas com ruídos não naturais. As portas eram abertas sem nenhum movimento visível. Os restos de móveis espalhados pelos vários quartos foram, durante a noite, empilhados uns sobre os outros por mãos desconhecidas. Pés invisíveis passavam para cima e para baixo das escadas em plena luz do dia, acompanhados pelo barulho de vestidos de seda e pelo deslizamento de mãos ao longo dos balaústres maciços. O zelador e sua esposa declararam que não viveriam mais lá. O agente da casa riu, dispensou-os e colocou outros em seu lugar. Os ruídos e as manifestações sobrenaturais continuaram. O bairro comprou a história e a casa permaneceu sem ser visitada por três anos. Várias pessoas se interessaram por ela; mas, de alguma forma, sempre antes do fechamento do negócio, ouviam os rumores desagradáveis e se recusavam a continuar a transação.

Foi neste estado das coisas que minha senhoria, que naquela época mantinha uma pensão na Bleecker Street, e que desejava se mudar mais para o centro, teve a ousada ideia de alugar o número... da 26th. Acontece que, ao ter em sua casa um conjunto bastante corajoso e filosófico de pensionistas, ela nos apresentou sua intenção, declarando francamente tudo o que tinha ouvido a respeito das qualidades fantasmagóricas do estabelecimento para o qual desejava nos mudar. Com exceção de duas pessoas intimidadas — um capitão do mar e um californiano, que imediatamente avisaram que iriam embora —, todos os hóspedes da sra. Moffat declararam que a acompanhariam em sua incursão na morada dos espíritos.

A mudança foi efetuada no mês de maio, e ficamos encantados com nossa nova residência. A porção da 26th Street onde nossa casa estava situada, entre a 7th e a 8th Street, é uma das localidades mais agradáveis de Nova York. Os jardins dão a volta nas casas, descendo quase até o rio Hudson, formando, no verão, uma perfeita avenida verdejante. O ar é puro e revigorante, circulando desde o outro lado do rio, na altura de Weehawken, até o jardim abandonado que rodeava a casa. Embora exibisse, nos dias em que as roupas eram lavadas, muitos varais, o jardim ainda nos dava um pedaço de verde para olhar, e um retiro fresco nas noites de verão, onde fumávamos nossos charutos ao entardecer e observávamos os vaga-lumes piscando suas luzes na grama comprida.

É claro que mal tínhamos nos estabelecido no número... e já começamos a esperar os fantasmas. Aguardávamos a sua vinda com absoluta ansiedade. Nossa conversa ao jantar era sempre a respeito do sobrenatural. Um dos pensionistas, que havia comprado o *The Night Side of Nature* da sra. Crowe para sua própria diversão, foi considerado um inimigo público por toda a casa por não ter comprado vinte exemplares. O homem levou uma vida miserável enquanto lia esse livro. Foi estabelecido um sistema de espionagem, do qual ele foi a vítima. Se ele, sem cautela, abandonasse o livro por um instante na sala, o objeto era imediatamente apreendido e lido em voz alta em lugares secretos para alguns poucos. Eu me vi uma pessoa de imensa importância, tendo revelado que estava toleravelmente bem versado na história do sobrenaturalismo, e que uma vez havia escrito uma história cuja base era um fantasma. Se uma mesa ou uma tábua rangesse enquanto estivéssemos reunidos na grande sala de estar, havia um silêncio imediato, e todos ficavam preparados para um arrastar de correntes e o surgimento de uma forma espectral.

Após um mês de excitação psicológica, foi com a maior insatisfação que fomos forçados a reconhecer que nada no grau mais remoto que se aproximasse do sobrenatural havia se manifestado. Uma vez o mordomo, um homem negro, asseverou que sua vela havia sido soprada por algum ser invisível enquanto ele se despia para a noite; mas, como eu havia mais de uma vez encontrado esse senhor em tal estado de embriaguez em que uma vela poderia ter aparecido para ele como duas, pensei que era possível que, indo longe demais na bebedeira, ele pudesse ter revertido o fenômeno, e não ter visto nenhuma vela onde deveria ter visto uma.

As coisas estavam nesse estado quando ocorreu um acidente, tão horrível e inexplicável em seu caráter que minha razão se apodera da memória nua da ocorrência. Era o dia 10 de julho. Depois do jantar, saí com meu amigo, o dr. Hammond, para o jardim, para fumar meu cachimbo. Independentemente de certas simpatias mentais que existiam entre o doutor e eu, estávamos ligados por um vício. Nós dois fumávamos ópio. Conhecíamos o segredo um do outro, e o respeitávamos. Juntos, gostávamos daquela maravilhosa expansão do pensamento, daquela incrível intensificação das faculdades perceptivas, daquele sentimento sem limites de existência, quando parecemos ter pontos de contato com todo o universo — enfim, aquela inimaginável bem-aventurança espiritual, a qual eu não trocaria nem por um reino, e a qual espero que você, leitor, nunca experimente — nunca.

Aquelas horas de felicidade do ópio que o doutor e eu passávamos juntos em segredo eram regulamentadas com precisão científica. Não fumávamos cegamente a droga do paraíso, deixando nossos sonhos ao acaso. Enquanto fumávamos, conduzíamos cuidadosamente nossa conversa através dos canais mais brilhantes e calmos do pensamento. Falávamos do Oriente e nos esforçávamos para lembrar o panorama mágico de seu cenário luminoso. Criticávamos os poetas mais sensuais — aqueles que pintaram a vida como sendo abundante em saúde, repleta de paixão e felicidade na posse da juventude, da força e da beleza. Se falávamos de *A tempestade* de Shakespeare, refletíamos sobre Ariel e evitávamos Calibã. Como os Guebers, tínhamos virado nossos rostos para o Oriente e víamos apenas o lado ensolarado do mundo.

Esta hábil coloração de nossa linha de pensamento produzia em nossas visões subsequentes um tom correspondente. Os esplendores do reino das fadas árabe tingiam nossos sonhos. Percorríamos a estreita faixa de grama como reis. O canto do *Rana arborea*, enquanto o anfíbio se agarrava ao tronco da ameixeira, soava como as linhagens dos músicos divinos. Casas, muros e ruas derretidas como nuvens de chuva, e vistas de glória inimaginável estendidas diante de nós. Era um companheirismo extasiante. Gostávamos mais ainda do vasto deleite porque, mesmo em nossos momentos mais arrebatadores, estávamos conscientes da presença um do outro. Nossos prazeres, apesar de individuais, ainda eram gêmeos, vibrando e movendo-se em acordo musical.

Na noite em questão, no dia 10 de julho, o doutor e eu nos deixamos levar por um clima metafísico incomum. Acendemos nossos grandes cachimbos Meerschaums, cheios de fino tabaco turco, em cujo centro queimávamos um pouco de ópio preto que, como a noz do conto de fadas, mantinha dentro de seus estreitos limites maravilhas além do alcance dos reis; depois, andávamos de um lado para o outro, conversando. Uma estranha perversidade dominou as correntes do nosso pensamento. Elas *não* fluíram através dos canais iluminados pelo sol para os quais nos esforçávamos para desviá-los. Por alguma razão irresponsável, se dividiram constantemente em leitos escuros e solitários, onde trevas contínuas brotavam. Foi em vão que, posteriormente, tenhamos nos atirado às margens do Oriente e falado de seus bazares alegres, dos esplendores da época de Haroun, dos haréns e dos palácios dourados. Afrites* negros surgiam continuamente das profundezas de nossa conversa, e se expandiam, como aquele que o pescador soltou do navio de cobre,** até que apagaram tudo o que era brilhante de nossa visão. Insensivelmente, cedemos à força oculta que nos influenciou, e nos entregamos a uma especulação sombria. Tínhamos conversado algum tempo sobre a prontidão da mente humana para o misticismo, e o amor quase universal pelo terrível, quando Hammond de repente me questionou:

— O que você considera ser o maior elemento de terror?

A pergunta me intrigou. Que muitas coisas eram terríveis, eu sabia. Deparar-se com um cadáver no escuro, por exemplo. Observar, como eu uma vez fiz, o corpo de uma mulher flutuando por um rio profundo e rápido, com os braços extremamente erguidos, o rosto horrível e virado para cima, emitindo, enquanto ela tentava se desviar, gritos que invadiam o coração; nós, espectadores, ficamos congelados em uma janela que ficava acima do rio a uma altura de sessenta pés, incapazes de fazer o menor esforço para salvá-la, conseguindo apenas assistir de forma estúpida à sua última agonia suprema e ao seu desaparecimento. Um navio naufragado, sem vida visível, encontrado flutuando sem rumo sobre o oceano, é um objeto terrível, pois sugere um enorme terror, cujas proporções são veladas. Mas agora estou me dando conta, pela primeira vez, de que deve haver uma grande encarnação do medo — um Rei dos Terrores, ao qual todos os outros devem sucumbir. O que poderia ser? Ao que deve sua existência?

---

* Demônios da mitologia islâmica [N. E.].

** Referência ao conto "O pescador e o gênio", de *As mil e uma noites* [N. E.].

— Confesso, Hammond — respondi ao meu amigo —, que nunca considerei o assunto antes. Sinto que deve haver um algo mais terrível do que qualquer outra coisa. No entanto, não consigo tentar nem mesmo a definição mais vaga.

— Eu sou um pouco como você, Harry — respondeu ele. — Sinto que tenho capacidade de experimentar um terror maior do que qualquer coisa ainda concebida pela mente humana... algo que se combina em uma amalgamação temerosa e antinatural de elementos até então supostamente incompatíveis. O chamado das vozes no romance de Brockden Brown, *Wieland*, é horrível; assim como a imagem do Guardião do Limiar de Bulwer em *Zanoni*; mas — acrescentou ele, balançando a cabeça de forma sombria — ainda há algo mais horrível do que isso.

— Olhe, Hammond — exclamei —, deixemos esse tipo de conversa de lado, pelo amor de Deus! Acabaremos sofrendo com ela, dependendo dela.

— Não sei o que se passa comigo esta noite — respondeu ele —, mas meu cérebro está visitando todo tipo de pensamentos estranhos e terríveis. Sinto-me como se pudesse escrever uma história como Hoffman esta noite, se ao menos eu fosse mestre de um estilo literário.

— Bem, se vamos ser hoffmanescos em nossa conversa, vou para a cama. O ópio e os pesadelos nunca devem ser reunidos. Que opressivo seria! Boa noite, Hammond.

— Boa noite, Harry. Bons sonhos.

— Para você, desgraçado sombrio, afrites, ghouls e bruxos.

Nós nos separamos, e cada um procurou seu respectivo quarto. Despi-me rapidamente e fui para a cama, levando comigo, de acordo com meu costume, um livro, o qual geralmente leio até dormir. Eu abri o volume assim que coloquei minha cabeça sobre o travesseiro e imediatamente o atirei para o outro lado do cômodo. Era o *History of monsters* de Goudon — uma instigante obra francesa, que eu havia importado de Paris, mas que, no estado de espírito ao qual eu havia então chegado, era tudo menos um companheiro agradável naquele momento. Resolvi dormir imediatamente; assim, baixando o fogo até nada mais que um pequeno ponto azul de luz vislumbrado na parte superior do tubo, me ajeitei para descansar.

O quarto estava na escuridão total. A chama de fogo que ainda estava acesa não iluminava uma distância de sete centímetros ao redor do queimador. Desesperadamente coloquei meu braço sobre meus olhos, como se quisesse fechar até mesmo a escuridão, e tentei não pensar em nada. Foi em vão. Os temas confusos levantados por Hammond no jardim continuavam a ofuscar meu cérebro. Eu lutei contra eles. Ergui muralhas de obliteração do intelecto para mantê-los fora. Os temas ainda se amontoavam sobre mim. Enquanto eu estava deitado como um cadáver, esperando que uma perfeita inação física acelerasse o meu repouso mental, ocorreu um incidente terrível. Algo caiu, acredito, do teto, justo em meu peito, e no instante seguinte senti duas mãos circundando minha garganta, tentando me sufocar.

Não sou covarde e possuo uma força física considerável. O ataque repentino, em vez de me atordoar, levou todos os meus nervos à tensão mais alta. Meu corpo agiu por instinto, antes que meu cérebro tivesse tempo para perceber os terrores da minha posição. Em um instante rodeei dois braços musculosos ao redor da criatura, e a apertei, com toda a força, contra meu peito. Em poucos segundos, as mãos ósseas que haviam se prendido à minha garganta soltaram a pressão, deixando-me livre para respirar mais uma vez. Em seguida, iniciou-se uma luta de intensidade horrível. Imerso na mais profunda escuridão, estava totalmente ignorante da natureza da coisa pela qual fui tão repentinamente atacado, meu aperto sendo perdido a todo momento por conta do que parecia ser uma nudez completa de meu agressor, sendo mordido com dentes afiados no ombro, pescoço e peito, além de ter de proteger constantemente minha garganta contra um par de mãos ágeis e sinuosas que meus maiores esforços não conseguiam restringir — essa era a combinação de circunstâncias para combater a criatura, que exigiam toda a força, habilidade e coragem que eu possuía.

Finalmente, depois de uma luta silenciosa, mortal e exaustiva, consegui derrubar meu agressor por uma série de esforços incríveis. Uma vez preso com meu joelho sobre o que acredito ser seu peito, eu sabia que saíra vitorioso do embate. Descansei por um momento para respirar. Ouvi a criatura por baixo de mim ofegando na escuridão, e senti o palpitar violento de um coração. Aparentemente estava tão exausta quanto eu; isso foi um conforto. Naquele momento, lembrei-me de meu velho hábito de colocar um grande lenço de bolso de seda amarelo debaixo do travesseiro toda noite antes de dormir. Apalpei-o imediatamente; ele estava lá. Em poucos segundos, de algum jeito, amarrei os braços da criatura.

Agora eu me sentia toleravelmente seguro. Não havia mais nada a fazer a não ser acender a lamparina e, depois de descobrir quem era meu assaltante da meia-noite, despertar a casa. Confessarei ter sido atingido por um certo orgulho de não dar o alarme antes; era meu desejo fazer a captura sozinho e sem ajuda.

Nunca perdendo a posse de meu inimigo, escorreguei da cama para o chão, arrastando meu cativo comigo. Eu tinha apenas alguns passos a dar para chegar ao queimador de gás; fiz isso com a maior cautela, segurando a criatura em um aperto como se fosse uma presa. Por fim, fiquei a um passo da pequena luz azul, que me dizia onde estava o queimador a gás. Rápido como um relâmpago, soltei meu aperto com uma mão e deixei a inundação total de luz rolar. Depois me virei para olhar para o meu cativo.

Não posso sequer tentar dar qualquer definição de minhas sensações no instante em que acendi a chama. Suponho que devo ter gritado de terror, pois em menos de um minuto meu quarto estava lotado com os companheiros da casa. Agora estremeço ao pensar naquele momento horrível. Eu não vi nada! Sim; eu tinha um braço firmemente apertado ao redor de uma respiração ofegante, em forma corpórea, minha outra mão agarrava com toda a força uma garganta que era tão quente e feita de carne quanto a minha; ainda assim, com esta substância viva ao meu alcance, com seu corpo pressionado contra o meu, sob o brilho de um grande facho de gás, eu não vi absolutamente nada! Nem mesmo um contorno — uma linha!

Mesmo a esta altura, ainda não dou conta da situação em que me encontrei. Não consigo me lembrar completamente do incidente espantoso. A imaginação em vão tenta contornar o terrível paradoxo.

Ele respirava. Senti seu hálito quente em minha bochecha. Ele lutou ferozmente, tinha mãos. Elas me agarraram. Sua pele era lisa, como a minha. Ele estava lá, pressionado contra mim, sólido como pedra, e, ainda assim, totalmente invisível!

Perguntei-me se não desmaiei ou fiquei louco por um instante. Algum instinto maravilhoso deve ter me sustentado, pois, em vez de afrouxar meu domínio sobre o terrível enigma, eu parecia ganhar uma força adicional em meu momento de horror, e apertei minha captura com uma força tão maravilhosa que senti o agressor tremer de agonia.

Logo depois, Hammond entrou em meu quarto à frente da casa. Assim que viu meu rosto — o que, suponho, deve ter sido uma visão horrível para se olhar —, ele se apressou, exclamando:

— Deus do céu, Harry! O que aconteceu?

— Hammond! Hammond! — gritei. — Venha aqui. Ah, isto é horrível! Fui atacado na cama por uma coisa, que tenho na mão; mas não consigo ver... não consigo ver!

Hammond, atingido pelo horror sincero expresso em meu semblante, deu um ou dois passos à frente com uma expressão ansiosa, mas confusa. Um muxoxo audível explodiu, vindo do restante dos meus visitantes. As risadas reprimidas me deixaram furioso. Como podem rir de um ser humano na minha posição? Era a pior espécie de crueldade. *Agora* sou capaz de entender por que a visão de um homem lutando violentamente com o que parece ser o ar, e pedindo ajuda, deveria parecer ridícula. *Naquele momento*, no entanto, tão grande foi minha fúria contra a multidão zombeteira que, se eu tivesse o poder, os teria matado onde estavam.

— Hammond! Hammond! — chamei novamente, desesperado. — Venha aqui. Posso segurar a coisa... mas não por muito mais tempo. Isso está me dominando. Ajude-me! Ajude-me!

— Harry — sussurrou Hammond, aproximando-se de mim. — Você tem fumado muito ópio.

— Juro-te, Hammond, isto não é nenhuma visão — respondi, no mesmo tom baixo. — Você não vê como consegue abalar toda a minha estrutura com sua força? Se não acredita em mim, convença-se a si mesmo. Sinta-o... toque-o.

Hammond avançou e colocou sua mão no lugar que eu indiquei.

Um grito selvagem de horror irrompeu dele. Ele tinha sentido a coisa!

Em pouco tempo ele encontrou, em algum lugar do meu quarto, um longo pedaço de corda, e no instante seguinte enrolou-a e amarrou-a sobre o corpo do ser invisível que eu apertava nos meus braços.

— Harry — disse ele, com uma voz rouca e agitada, pois, embora tenha preservado sua presença de espírito, ficou profundamente emocionado. — Harry, está contido agora. Você pode soltar, velho amigo, se estiver cansado. A coisa não pode se mover.

Eu estava completamente exausto e, com prazer, soltei meu aperto. Hammond ficou segurando as extremidades do cordão que prendia o ser invisível, torcendo-as ao redor de sua mão, enquanto na frente dele, autossustentando-se, por assim dizer, a corda era mantida amarrada e entrelaçada, esticando-se firmemente em torno de um espaço vazio. Nunca vi um homem ficar tão admirado. No entanto, seu rosto expressou toda a coragem e determinação que eu sabia que possuía. Seus lábios, embora brancos, estavam bem firmes, e percebia-se num relance que, embora com medo, ele não estava assustado.

A confusão que surgiu entre os hóspedes da casa que foram testemunhas desta cena extraordinária entre Hammond e eu — que contemplaram a pantomima de amarrar aquela criatura revolta, que assistiram a mim mesmo quase afundar na exaustão física assim que minha tarefa de carcereiro estava concluída —, o terror que tomou posse dos espectadores quando viram tudo isso, estava além de qualquer descrição. Os mais fracos fugiram do apartamento. Os poucos que permaneceram agrupados perto da porta não puderam ser induzidos a se aproximar de Hammond e seu aprisionado. Ainda assim, a incredulidade irrompeu através do terror deles. Não tiveram a coragem de se satisfazerem, e mesmo assim duvidaram. Foi em vão implorar a alguns dos homens que se aproximassem e se convencessem, pelo toque, da existência naquela sala de um ser vivo que era invisível.

Eles eram incrédulos, mas não se atreveram a se desenganar. Como um corpo sólido, vivo e que respirava poderia ser invisível? Era este seu questionamento. Minha resposta foi a seguinte: dei um sinal a Hammond, e ambos — conquistando nossa plateia temerosa de tocar a criatura invisível — tiramos a coisa do chão, a carregamos e a levamos para minha cama. Seu peso era aproximadamente o de um menino de catorze anos.

— Agora, meus amigos — disse eu, enquanto segurávamos a criatura suspensa sobre a cama —, posso lhes dar uma prova evidente de que aqui está um corpo sólido e ponderável, que, no entanto, vocês não podem ver. Observem com atenção a superfície da cama.

Fiquei surpreso com minha própria coragem em tratar este estranho evento com tanta calma; mas havia me recuperado de meu primeiro terror, e senti uma espécie de orgulho científico no caso, o que dominou todos os outros sentimentos.

Os olhos do público ali presente foram imediatamente fixados na minha cama. A um dado sinal, Hammond e eu deixamos a criatura cair. Escutou-se um som monótono de um corpo pesado encontrando-se com uma massa macia. As madeiras da cama rangeram. Uma impressão profunda se marcou distintamente no travesseiro e na própria cama. A plateia que testemunhou isto deu um grito baixo, e correu da sala. Hammond e eu ficamos sozinhos com nosso mistério.

Ficamos em silêncio por algum tempo, ouvindo a respiração baixa e irregular da criatura na cama, e observando o movimento da roupa de cama enquanto ela se esforçava, impotentemente, para se libertar do confinamento. Então Hammond falou:

— Harry, isto é horrível.

— Sim, horrível.

— Mas não inexplicável.

— Não é inexplicável! O que você quer dizer? Tal coisa nunca ocorreu desde o nascimento do mundo. Eu não sei o que pensar, Hammond. Que Deus me dê um sinal de que não estou louco, e que isto não é uma fantasia insana!

— Vamos raciocinar um pouco, Harry. Aqui está um corpo sólido que tocamos, mas que não podemos ver. O fato é tão incomum que nos atinge com terror. Mas não existe um paralelo para tal fenômeno? Pegue um pedaço de vidro. É tangível e transparente. Certa vulgaridade química é tudo o que impede que ele seja totalmente transparente a ponto de ser totalmente invisível. Não é teoricamente impossível, lembre-se, fazer um vidro que não reflita um único raio de luz — um vidro tão puro e homogêneo em seus átomos que os raios do sol passarão por ele como passam pelo ar, refratados, mas não refletidos. Não vemos o ar, e mesmo assim o sentimos.

— Entendo isso, Hammond, mas estas são substâncias inanimadas. O vidro não respira, o ar não respira. Esta coisa tem um coração que palpita, uma vontade que a move, pulmões que funcionam, que inspiram e expiram.

— Você esquece os fenômenos de que tantas vezes ouvimos falar ultimamente — respondeu o doutor, seriamente. — Nas reuniões chamadas "círculos espirituais", mãos invisíveis foram sentidas pelas mãos daquelas pessoas ao redor da mesa, mãos quentes e carnais que pareciam pulsar com a vida mortal.

— O quê? Você acha, então, que esta coisa é...

— Eu não sei o que é — foi a resposta solene —, mas, se os deuses permitirem, com sua ajuda, irei investigá-la minuciosamente.

Observamos juntos, fumando muitos cachimbos, durante toda a noite, à beira do leito de um ser que se atirava e se contorcia até que aparentemente se cansou. Depois entendemos, pela respiração baixa e regular, que ele dormia.

Na manhã seguinte, a casa estava toda agitada. Os pensionistas se reuniram na soleira fora de meu quarto, e Hammond e eu éramos os guardas. Tivemos que responder mil perguntas sobre o estado de nosso prisioneiro extraordinário, pois ainda não havia uma pessoa na casa, exceto nós mesmos, que pudesse ser induzida a colocar os pés dentro do cômodo.

A criatura estava acordada. Isto foi evidenciado pela forma convulsiva com que a roupa de cama se movia de acordo seus esforços para escapar. Havia algo verdadeiramente terrível ao visualizar, por assim dizer, aqueles indícios em segunda mão das terríveis contorções e das lutas agonizantes pela liberdade que, por sua vez, eram invisíveis.

Hammond e eu tínhamos atormentado nossos cérebros durante a longa noite para descobrir algum meio pelo qual pudéssemos perceber a forma e a aparência geral daquele enigma. Pelo que conseguimos discernir, passando nossas mãos sobre a forma da criatura, seus contornos e silhueta eram humanos. Havia uma boca; uma cabeça redonda e lisa sem cabelos; um nariz, que, no entanto, estava pouco elevado acima das bochechas; e suas mãos e pés pareciam os de um menino. No início pensamos em colocar o ser em uma superfície lisa e traçar seus contornos com giz, da mesma forma que sapateiros traçam o contorno do pé. Este plano foi abandonado como sendo sem valor. Tal esboço não daria a mínima ideia de sua conformação.

Um pensamento oportuno me ocorreu. Poderíamos tomar seu molde em gesso. Isto nos daria a figura sólida e satisfaria todos os nossos desejos. Mas como fazer isso? Os movimentos da criatura perturbariam o ajuste do revestimento plástico, distorcendo o molde. Outro pensamento. Por que não lhe dar clorofórmio? Tinha órgãos respiratórios — o que era evidente por sua respiração. Uma vez reduzido a um estado de insensibilidade, poderíamos fazer com ele o que quiséssemos. Mandamos chamar o doutor X...; depois que o digno médico se recuperou do primeiro choque de espanto, procedeu à administração do clorofórmio. Três minutos depois fomos capazes de remover os grilhões do corpo da criatura, e um modelador se ocupou de cobrir a forma invisível com argila úmida. Em mais cinco minutos tínhamos um molde, e, antes do cair da noite, possuíamos um fac-símile. Tinha a forma de um homem-distorcido, rude e horrível, mas ainda assim um homem. Era pequeno, não mais de um metro e alguns centímetros de altura, e seus membros revelavam um desenvolvimento muscular sem paralelo. Seu rosto superou em horror tudo o que eu já havia visto. Gustave Doré, Callot ou Tony Johannot nunca conceberam nada tão horrível. Há um rosto em uma das ilustrações deste último em *Voyage où Il Vous Plaira* que se aproxima um pouco do semblante desta criatura, mas não se iguala a ela. Era a fisionomia do que eu imaginava que um ghoul poderia ser. Parecia ser capaz de se alimentar de carne humana.

Tendo satisfeito nossa curiosidade e assegurado que todos na casa guardariam sigilo, a próxima questão era resolver o que deveria ser feito com nossa criatura. Era impossível manter tal horror na casa; era igualmente impossível que um ser tão horrível pudesse ser solto pelo mundo. Confesso que teria de bom grado votado a favor da destruição da criatura. Mas quem assumiria a responsabilidade? Quem se encarregaria da execução desta sombra horrível de um ser humano? Dia após dia a questão foi deliberada seriamente. Todos os pensionistas deixaram a casa. A sra. Moffat estava desesperada e ameaçou Hammond e a mim com todo tipo de penalidades legais se não o removêssemos. Nossa resposta foi a ela foi seguinte: "Nós partiremos se você quiser, mas nos recusamos levar esta criatura conosco. Retire-a você mesma, se desejar. Ela apareceu em sua casa. A responsabilidade recai sobre você." A isto, é claro, não houve contra-argumento. A sra. Moffat não conseguiria obter por amor ou dinheiro uma pessoa que sequer se aproximasse da coisa.

A parte mais singular do caso era que não tínhamos a menor ideia de como a criatura se alimentava habitualmente. Tudo o que nos ocorreu em relação a sua nutrição foi colocado diante dela, mas nunca era tocado. Era horrível ficar ali observando, dia após dia, ver as roupas de cama se remexerem, ouvir a respiração dura e saber que estava morrendo de fome.

Passaram-se dez, doze dias, uma quinzena, e a coisa ainda vivia. As pulsações do coração, no entanto, estavam cada vez mais fracas, e agora quase tinham cessado. Era evidente que a criatura estava morrendo por falta de sustento. Enquanto esta terrível luta pela vida continuava, eu me sentia miserável. Eu não conseguia dormir. Por mais horrível que a criatura fosse, era lamentável pensar nas dores que estava sofrendo.

Finalmente ela morreu. Hammond e eu a encontramos na cama fria e rígida em uma manhã. O coração havia deixado de bater, os pulmões pararam de inspirar. Apressamo-nos a enterrá-la no jardim. Foi um funeral estranho, baixar aquele cadáver invisível no buraco úmido. O contorno de sua forma eu dei ao doutor X..., que o mantém em seu museu na 10th Street.

Como estou na véspera de uma longa jornada da qual talvez não volte, elaborei esta narrativa do evento mais singular que já chegou ao meu conhecimento.

O ARCO DE MÁRMORE

Pu Songling

China

Data desconhecida

Quando os problemas começaram a chegar a Hankow, muitas famílias ficaram alarmadas. Aqueles que conheciam a poderosa organização dos revolucionários deixaram a cidade o mais rápido possível, antecipando que ela logo seria saqueada e queimada.

O prefeito aposentado, Kiun, foi um dos primeiros a embarcar para descer o rio. Sua casa estava situada a quilômetros de distância, nos limites dos subúrbios, fora do perímetro fortificado. Ele estava casado havia pouco tempo e vivia com os pais.

Quando as bagagens finalmente estavam prontas, os carregadores as fixaram no meio dos longos bambus e partiram, em pares, resmungando sob a pesada carga. Os dois idosos seguiram; Kiun e sua jovem esposa, a encantadora Seaweed, os ajudaram da melhor forma que puderam.

Para evitar cruzar o centro da cidade, eles contornaram a muralha crenelada por uma estrada quase deserta. Um homem e uma mulher jovens e sozinhos iam na mesma direção, carregando pacotes em seus ombros.

— Para onde estão indo? — perguntaram, como é costume fazer entre viajantes.

— Até o fim do rio — respondeu Kiun. — E vocês?

— Nós também — disse o jovem. — Qual é seu nome?

— Meu nome é Kiun. Mas você, digne-se a me informar o nome de sua família...

— Meu nome é Wang The-king. Estamos fugindo da insurreição.

Eles foram conversando enquanto caminhavam em companhia.

Seaweed aproveitou um momento em que os recém-chegados estavam um pouco na frente para se inclinar em direção a seu marido.

— Não nos deixe subir na mesma jangada com esses estranhos. O homem me olhou várias vezes de forma rude; seus olhos são instáveis e inconstantes; tenho medo dele.

Kiun fez um sinal de concordância. Mas, quando chegaram ao cais, Wang The-king se deu tanto trabalho para encontrar um transporte e ajudar a embarcar as bagagens que o prefeito, encurralado pelos ritos da boa educação, não pôde evitar pedir-lhe que subisse a bordo com ele.

Eles partiram do cais; Wang The-king se estabeleceu na proa com sua esposa, perto dos marinheiros; conversou muito tempo com eles enquanto passavam pelas últimas casas da grande cidade.

Quando a noite caiu, estavam em uma parte do rio que se alargava a tal ponto que não era mais possível distinguir as margens. O vento soprava de forma bastante violenta, e as ondas desenroladas indicavam fortes chuvas sobre as esteiras que cobriam o convés.

Kiun, inquieto, foi para a proa do barco para interrogar o capitão. A lua brilhante estava subindo, iluminando a linha escura da margem. Eles se aproximaram para lançar a âncora.

Wang The-king estava na ponte estreita; quando Kiun chegou ao seu lado, ele empurrou friamente o pobre prefeito para a água. O pai de Kiun estava dois passos atrás; Wang correu para ele e o jogou também nas águas tumultuadas de corrente rápida. A mãe, ouvindo um alvoroço, foi ver o que estava acontecendo, e ela também foi atirada ao rio espumante.

Da cabine, Seaweed tinha visto tudo; mas ela tomou muito cuidado para não ir lá fora; ela lamentou:

— Ai de mim! Meu sogro e minha sogra estão mortos! Meu marido foi morto! Eu também vou morrer!

Enquanto chorava, Wang The-king entrou na cabine.

— Não tenha medo — disse ele. — Esqueça aquelas pessoas que não existem mais e não voltarão. Vou levá-la para casa, para a cidade dos Túmulos Dourados. Lá tenho campos e casas que me pertencem; eu os darei a você.

A jovem mulher não soluçou e não disse nada; achou sensato não provocar o assassino.

Wang The-king, muito satisfeito com suas perspectivas, voltou-se para os marinheiros e deu-lhes a maior parte do que suas vítimas haviam trazido em prata e pertences; depois, tranquilamente, pegou seu jantar e se retirou para sua cabine com a esposa. A mulher tinha um olhar estranho, mas não disse nada, e eles foram dormir.

Lá pela hora do rato,* a esposa começou a gemer; então, despertou de seu sono e exclamou ao marido:

— Mate-me, repudie-me! Eu não posso mais ficar com você! Trovões e relâmpagos o atingirão! Eu sonhei; não serei mais a esposa de um assassino e de um ladrão!

Wang, furioso, a atacou. Contudo, ela continuou a reclamar, levando-o a tomá-la em seus braços e jogá-la no rio.

No segundo dia, o barco chegou até a cidade dos Túmulos Dourados. Wang levou Seaweed até sua família. Quando sua velha mãe perguntou o que havia feito com a primeira esposa, ele respondeu:

— Ela caiu no rio e eu vou me casar com esta.

Logo foram instalados na casa. Wang desejava ter intimidades com Seaweed, que gentilmente o recusou.

— Não devemos negligenciar os ritos. Não nos esqueçamos de esvaziar primeiro o copo matrimonial.

Wang aceitou com alegria; logo, sentados um ao lado do outro, começaram a trocar as taças de vinho da maneira ritualística esperada.

Seaweed, entretanto, fingia beber, tentando deixar seu pretendente bêbado; aos poucos ela conseguiu.

Wang, cansado pelo vinho, despiu-se, subiu na cama e mandou a jovem apagar as luzes e ir até ele.

Cuidadosamente ela soprou as lamparinas e disse:

— Eu irei em um minuto!

A jovem foi rapidamente até seus pertences, pegou uma espada que tinha escondida lá e voltou. Tateando as mãos na escuridão, ela encontrou a garganta do homem e o golpeou o mais forte que pôde. O homem gritou e tentou se levantar; ela o golpeou repetidamente. Houve um gemido, um gorgolejo e depois o silêncio.

---

* Os signos do zodíaco chinês também são usados para rotular as horas do dia. A hora do rato (Shǔ) engloba a "hora larga" das 23h00 à 01h00 [N. E.].

No entanto, a mãe de Wang, tendo ouvido algum barulho, veio com uma lanterna. Seaweed a matou antes mesmo que a velha mulher pudesse dizer uma palavra.

Tendo vingado sua família, Seaweed tentou cortar a própria garganta, a fim de juntar-se ao marido. A espada estava sem corte e ela apenas conseguiu arranhar a si mesma. Ela então se lembrou que fora de casa havia um lago bem grande; ela correu para fora e se jogou na água.

Alguns vizinhos a viram e correram para ajudá-la; outras pessoas vieram; lanternas foram trazidas; a pobre garota, finalmente, foi retirada do lago e levada de volta para sua casa. Mas, quando os recém-chegados entraram na sala, viram os corpos e o sangue.

— Assassina! Assassina! — gritaram eles.

E imediatamente enviaram um menino para chamar a polícia. Os guardas vieram e procuraram por toda a sala; logo encontraram nos pertences de Seaweed um bilhete escrito pela infeliz moça, declarando a verdade sobre a morte de sua família. Os oficiais foram muito elogiosos ao seu ato:

— Ela vingou seu marido; foi engenhosa o suficiente para enganar o assassino, e agora ela se matou! Tal ato de coragem e virtude não é visto há séculos. Devemos pedir às autoridades que lhe construam um arco de mármore para comemorar sua história e consagrá-la como um exemplo para as gerações futuras.

Enquanto tudo isso acontecia, eles tentavam reanimar a mulher; tudo foi feito, mas em vão. Um caixão foi então trazido, e a jovem foi transferida para ele, coberta com suas melhores roupas e joias. A tampa foi aparafusada e todos deixaram a casa.

Agora devemos voltar à noite quando Wang empurrou o marido de Seaweed para a água. Kiun era um homem forte e um nadador muito bom; surpreso com este ataque repentino, tudo o que pôde fazer no início foi manter a cabeça fora da água revolta. Ele então pensou em voltar para o barco, mas, na expansão espumosa, nada se via; a corrente rápida o havia levado longe demais. Finalmente, a água o arrastou até as proximidades de uma praia curva, a qual ele conseguiu alcançar.

Andando desconsoladamente pela areia, ele avistou um corpo humano trazido pela corrente. Aproximou-se e reconheceu seu pai. Mais adiante, viu sua mãe. Recolheu ambos os cadáveres para fora da água. Preocupado com sua esposa, ele caminhou à beira do rio, forçando os olhos. A lua estava brilhando. Ele viu, finalmente, um ser humano agarrado a um grande pedaço de madeira. Ele nadou até ela, trouxe-a para a praia e a levou para a areia seca, pensando ser sua esposa. Tirou-lhe a roupa superior para esfregar os membros dela; quando viu que não estava tão fria, limpou-lhe o cabelo do rosto. Seu estupor foi imenso ao reconhecer a esposa de Wang.

O sol nasceu finalmente e os aqueceu. A jovem mulher suspirou, abriu os olhos e, de volta à realidade, contou a Kiun o que havia visto:

— Meu marido é um assassino. Em um sonho, eu vi o próprio Rei das Sombras sentado em seu tribunal, escrevendo o nome dele na lista da morte. Além disso, ele está apaixonado por sua esposa. Se você desejar, iremos juntos diretamente à cidade dos Túmulos Dourados e faremos o que pudermos para nos vingar.

Kiun, vendo um homem chegando para trabalhar em um campo não muito longe dali, foi até ele e contou-lhe em poucas palavras o que havia acontecido; o trabalhador os conduziu até seu senhorio, um homem rico, que lhes deu comida e vestes quentes. O homem enviou serviçais para trazer os corpos afogados para uma casa lateral e enterrá-los adequadamente. Depois adiantou uma certa quantia de dinheiro para Kiun, que concordou em enviá-la de volta quando chegasse a um lugar onde pudesse encontrar um correspondente de seus banqueiros.

Então, Kiun e sua companheira embarcaram em um pequeno barco e desceram o rio. Quando chegaram à cidade, eles questionaram as pessoas na rua sobre Wang. Um mês havia se passado desde os eventos relatados; o primeiro homem que interrogaram olhou para eles com admiração:

— Como você não sabe o que aconteceu? Wang está morto; foi morto por uma mulher virtuosa cuja família ele havia assassinado e que se matou depois. Basta seguir em frente; na primeira rua à sua direita, você verá um arco de mármore, novo, recém-erguido para comemorar a morte corajosa da virtuosa Seaweed.

Kiun pensou que seu coração iria explodir; ele arrastou sua companheira para o arco de mármore e leu a inscrição. Em seguida, comprou um pacote das imitações de lingotes de ouro e prata feitas de papel que as pessoas queimam em túmulos para enviar dinheiro aos mortos; ele se encaminhou ao túmulo no local indicado pela inscrição.

Lá ele reverentemente ajoelhou-se e, depois de encostar a testa no chão, queimou os lingotes de papel, levantou-se e foi embora com a esposa de Wang.

Quando estavam de volta ao barco, discutiram seus planos e resolveram descer o rio até Xangai.

Estavam deixando o porto quando um pequeno barco cruzou seu caminho; duas mulheres estavam sentadas no banco. Estranhamente, uma delas lembrou Kiun de sua falecida esposa. A mulher tinha olhado para ele e parecia surpresa. O prefeito aposentado, movido por uma força misteriosa, pronunciou em voz alta uma frase, que costumava fazer sua esposa rir quando estavam juntos e felizes em Hankow:

— Eu vejo gansos selvagens voando alto no céu!

Seaweed, quando estava viva, costumava responder com uma frase que nada tinha a ver com a primeira, e a brincadeira os fazia rir com muita frequência por sua estupidez. A mulher no barco também a disse:

— O cachorro quer o biscoito do gato; tranque-o rapidamente em casa.

Kiun, perguntando-se se era o fantasma de Seaweed, pediu aos marinheiros que posicionassem a embarcação ao lado do outro barco; ele pulou nele; a mulher jogou os braços ao redor de seu pescoço e eles choraram juntos.

— Você está viva? Ou é apenas seu fantasma que tenho em meus braços? — perguntou ele.

— Eu estou viva!

Então, ela lhe contou suas aventuras. Quando foi colocada no caixão, possuía algumas joias consigo. Um dos oficiais resolveu roubá-las; ele esperou até que todos tivessem ido embora e a casa estivesse vazia; depois, desatarraxou deliberadamente a tampa do caixão e pegou o que podia. Ele estava tentando tirar um anel da mão dela quando o suposto cadáver se levantou e gritou.

O pobre homem pensou que sua hora havia chegado e não se moveu. Seaweed, vendo suas joias nas mãos dele e vendo o caixão em que se encontrava, logo compreendeu a situação.

— Você quer minhas joias! Tome-as se quiser; você salvou minha vida, e sem você eu teria sido asfixiada nesta caixa horripilante.

O homem no início não ousou aceitar; depois, disse:

— Em troca de sua gentileza, eu lhe direi algo. Na terceira casa da primeira rua vive uma viúva rica; ela está sozinha e gostaria de adotar uma menina; vá até ela contar-lhe tudo. Ela terá o prazer de lhe dar um lar.

Depois ele a ajudou a sair do caixão, aparafusou a tampa novamente e desapareceu. Seaweed foi direto para a casa. A viúva a recebeu com a maior gentileza e pediu-lhe que deixasse todos acreditarem que ela estava morta; se não, teria havido um processo judicial.

Ambas, agora unidas pelo afeto mais próximo, estavam passeando pelo rio quando viram a jangada de Kiun. A viúva, ao fim das explicações, abriu seus braços para ele; ela o chamou de genro. Seaweed pediu à esposa de Wang para ser a segunda esposa de seu marido. E todos eles viveram felizes por muito tempo.

A CONCHA DOS CINCO SENTIDOS

Olívia Howard Dunbar
Nova Inglaterra, Estados Unidos
1908

O quarto escuro e sombrio estava intoleravelmente inalterado. Em uma agonia de reconhecimento, meu olhar correu por entre as coisas confortáveis e familiares que tive em minha vida terrena. Estou, essencialmente, muito distante de tudo isso. Notei que os espaços que eu mesma havia deixado em minhas estantes ainda estavam lá para serem preenchidos; que as delicadas plantas de que eu havia cuidado ainda estavam penduradas futilmente em direção à luz; que o suave e agradável barulho do meu próprio relógio, assim como alguma dessas senhoras idosas com quem conversamos de maneira automática, ainda não tinha diminuído.

Inalterado — ou assim parecia no início. Mas havia certas mudanças triviais que logo me feriram. As janelas estavam fechadas; sempre mantive a casa muito fria, embora soubesse que Theresa preferia os cômodos mais quentes. E minha cesta de trabalho estava em desordem; era um absurdo que uma coisa tão pequena me magoasse tanto. Então, como esta era minha primeira experiência de transição pelas sombras, a estranha alteração de minhas emoções me deixou perplexa. Por um momento o lugar parecia tão humanamente familiar, tão distintamente meu, que por amor a ele eu poderia ter abraçado a parede; mas rapidamente me tornei miseravelmente consciente das novas e estranhas coisas. Como poderia suportar — e será que eu já as suportava antes? — essas duras influências que agora percebia na janela; a luz e a cor tão ofuscantes que obscureciam a forma do vento, tumulto tão dissonante que mal conseguia ouvir as rosas se abrirem no jardim abaixo?

Mas Theresa não parecia se importar com nenhuma dessas coisas. Desordem, é verdade, era algo que nunca a incomodou. Ela estava todo esse tempo sentada à minha mesa — minha mesa —, ocupada, eu podia muito facilmente supor. À luz de meus próprios hábitos de precisão, era claro que aquela correspondência sombria deveria ter sido resolvida antes; mas não condeno realmente Theresa, pois sabia que suas cartas, quando as escrevia, eram talvez menos superficiais do que as minhas. Ela terminou a última enquanto eu a observava, e a acrescentou ao amontoado de envelopes pretos que estavam sobre a mesa. Pobre garota! Eu via agora que lhe tinham custado lágrimas. No entanto, vivendo ao lado dela dia após dia, ano após ano, nunca havia descoberto a profunda ternura que minha irmã possuía. Tinha sido nosso hábito demonstrar apenas um afeto comedido uma para a outra, e lembro-me de ter sempre pensado que era uma sorte para Theresa, já que lhe fora negado o tipo de felicidade que eu tive, que ela pudesse viver tão fácil e agradavelmente sem emoções do tipo devastadoras.... E agora, pela primeira vez, eu a estava realmente contemplando... Seria Theresa, afinal de contas, um emaranhado de turbulências ocultas? Que ninguém suponha que é fácil suportar a compreensão incessantemente lúcida que passei a exercer; ou que, nesta emancipação, a tímida visão não anseia por suas velhas telas e névoas.

De repente, enquanto Theresa estava sentada ali, sua cabeça repleta de ternos pensamentos sobre mim apoiada em suas mãos suaves, senti os passos de Allan na escada atapetada do lado de fora. Theresa também sentiu — mas como? Pois não era audível. Ela levou um susto, tirou os envelopes pretos de vista e fingiu estar escrevendo em um pequeno livro. Depois esqueci de observá-la por mais tempo por conta de minha absorção da chegada de Allan. Era ele, é claro, quem eu estava esperando. Foi para ele que eu fiz este primeiro esforço solitário e assustado para voltar, para recuperar... Não é que eu supunha que ele se permitiria reconhecer minha presença, pois há muito tempo tinha me familiarizado o suficiente com suas negações duras e rápidas do invisível. Ele sempre foi tão razoável, tão são — tão cego. Mas era minha esperança que, justamente por causa de sua rejeição do éter que agora me continha, talvez eu pudesse, segura e secretamente, observá-lo, ficar perto dele. Ele estava perto agora, muito perto — mas por que Theresa, sentada ali no cômodo que nunca lhe pertencera, se apropriou de sua vinda? Era tão manifestamente eu quem o tinha atraído, eu quem ele tinha vindo buscar.

A porta estava entreaberta. Ele bateu suavemente.

— Você está aí, Theresa? — chamou. Esperava encontrá-la, então, aqui no meu quarto? Eu me encolhi, quase temendo ficar.

— Terminarei em um momento — disse-lhe Theresa, e ele se sentou para esperar por ela.

Nenhum espírito ainda aprisionado pode entender o sofrimento que senti com Allan sentado quase ao alcance do meu toque. Quase irresistível era o desejo de deixá-lo, por um instante, sentir minha proximidade. Então eu mesma percebi, lembrando-me — ah, os medos humanos absurdos e patéticos! — de que minha proximidade desprotegida poderia alarmá-lo. Não faz muito tempo da época em que eu mesma possuía essas timidezes cegas e ignorantes. Eu cheguei, portanto, um pouco mais perto — mas não o toquei. Apenas me inclinei para ele, e com incrível suavidade sussurrei seu nome. Não conseguia tolerar tanta proximidade; o feitiço da vida ainda era muito forte em mim.

Mas isso não lhe deu nenhum conforto, nenhum deleite.

— Theresa! — chamou ele, com uma voz horrível de alarme... e naquele instante o último véu caiu, e desesperadamente, com pouca convicção, eu vi como estava entre eles, aqueles dois.

Ela se voltou para ele com aquele seu olhar gentil.

—Perdoe-me — disse ele, roucamente. — Mas de repente tive a sensação... mais inexplicável. As janelas estão abertas? Há um... vento arrepiante.

— Não há janelas abertas — assegurou Theresa. — Tive o cuidado de prevenir o frio. Você não está bem, Allan!

— Talvez não. — Ele aceitou a sugestão. — E, no entanto, não sinto nenhuma doença além desta sensação abominável que persiste... persiste... Theresa, você deve me dizer: estou imaginando ou você também sente... algo estranho aqui?

— Ah, há algo muito estranho aqui — lamentou ela. — Sempre haverá.

— Meu Deus, eu não quis dizer isso! — Ele se levantou e olhou ao redor. — Eu sei, claro, que você tem suas crenças, e as respeito, mas sabes igualmente bem que eu não acredito em nada disso! Então... não vamos falar de nada inexplicável.

Eu fiquei impalpavelmente, imponderavelmente perto dele. Por mais deplorável e inútil que fosse meu estado, não poderia tê-lo abandonado enquanto ali ele me negava.

— O que quero dizer — prosseguiu ele, em sua voz baixa e distinta — é que se trata de uma sensação especial, quase sinistra, de frio. Juro pela minha alma, Theresa — ele fez uma pausa —, se eu fosse supersticioso, se eu fosse mulher, provavelmente iria imaginar que há uma presença!

Ele pronunciou a última palavra de forma muito tênue, mas, no entanto, Theresa se encolheu.

— Não diga isso, Allan! — gritou ela. — Não pense nisso, eu lhe imploro! Eu mesma já me esforcei tanto para não pensar nisso... e você deve me ajudar. Sabe que são apenas os espíritos perturbados e desconfortáveis que vagueiam. Com ela, é bem diferente. Ela sempre foi tão feliz... ainda deve ser.

Ouvi, atordoada, o doce dogmatismo de Theresa. Suas certezas equivocadas vinham de distâncias tão desinformadas; quão densa, tanto para ela quanto para Allan, era a fumaça que os separava da verdade!

Allan franziu a testa.

— Não entenda literalmente, Theresa — explicou ele,

E eu, que um momento antes quase o havia tocado, agora me afastava e o ouvia com uma estranha piedade não experimentada, recém-nascida em mim.

— Não estou falando do que você chama de "espíritos". É algo muito mais terrível — ele permitiu que sua cabeça pendesse fortemente. — Se não tivesse a certeza de que nunca fiz nenhum mal a ela, deveria supor que estou sofrendo de culpa, de remorso... Theresa, você sabe melhor do que eu, talvez. Ela estava feliz, sempre? Ela acreditava em mim?

— Acreditar em você? Ela sabia quão bom você era... o quanto você a adorava!

— Ela pensava isso? Disse-lhe isso? Então o que, em nome dos céus, me aflige? A não ser que seja tudo como você acredita, Theresa, que ela sabe agora o que não sabia antes, pobre querida, e tomou consciência...

— Consciência do quê? O que você quer dizer, Allan?

Eu, com minha vantagem talvez ilegítima, percebi claramente que ele não tinha a intenção de contar à Theresa: eu lhe fiz essa justiça, mesmo no meu primeiro momento de ciúme. Se eu não o tivesse torturado ao me aproximar dele, ele não teria dito. Mas o momento chegou, e transbordou, e ele contou-lhe — a história apaixonada e tumultuada. Durante toda nossa vida juntos, Allan e eu, ele havia me poupado, me mantido envolta no manto branco de uma lealdade imaculada. Mas teria sido mais gentil, pensei amargamente, se, como muitos maridos, ele tivesse dito, anos atrás, a história que agora derramava a uma ouvinte clandestina; eu não deveria ter tomado conhecimento. Mas ele era fiel e bom, e assim esperou até que eu, muda e acorrentada, estivesse lá para ouvi-lo. Eu o conhecia tão bem, assim como eu supunha, e ele tinha sido meu, tão completamente meu, que vi em seus olhos e ouvi em sua voz antes que as palavras se concretizassem. E, no entanto, quando se concretizaram, elas me chicotearam com os golpes de uma humilhação insuportável.

Pois eu, sua esposa, não sabia o quanto ele podia amar.

E que Theresa, pequena traidora, também deveria, à sua maneira mansa, ter se importado! Onde estava a força nela, eu gemi dentro do meu espírito abatido, onde estava sua firmeza? Desde o momento em que ele se insinuou para ela, ela ofereceu suas pequenas pétalas macias — e minha última desilusão tomou lugar. Foi intolerável; e, no entanto, em outro momento, motivada por algum pensamento tardio a meu respeito, ela renunciou a ele. Allan era dela, mas ela o afastou; e minha parte era observá-los.

Então, na angústia de tudo isso, lembrei-me do espírito desajeitado e sem rumo que eu era e que agora eu possuía o Grande Recurso. Quaisquer que fossem as coisas humanas insuportáveis, eu não tinha necessidade de suportar. Deixei, portanto, de fazer o esforço que me mantinha ali com eles. A pungência impiedosa foi abafada, os sons e a luz cessaram, os amantes desapareceram, e novamente fui misericordiosamente atraída para os espaços escuros e infinitos.

Seguiu-se um período cuja duração não posso medir e durante o qual não pude fazer nenhum progresso na difícil e vertiginosa experiência de liberação. Meu ciúme me manteve incessantemente "ligada à terra". Embora meus dois entes queridos tivessem renunciado um ao outro, eu não podia confiar, pois a afeição deles me parecia de uma magnanimidade mais do que mortal. Sem uma sentinela fantasmagórica para alfinetá-los com medos e lembranças afiadas, quem poderia acreditar que se manteriam fiéis ao afastamento? Da eficácia da minha própria vigilância, desde que eu escolhesse exercê-la, não poderia ter dúvidas, pois tinha tido uma exultação terrível no novo poder que vivia em mim. Repetidas experiências delicadas haviam me ensinado que um toque ou um sopro, um desejo ou um sussurro, poderia controlar os atos de Allan e mantê-lo afastado de Theresa. Eu conseguia me manifestar de forma tão pálida, tão transitória, quase como um pensamento. Conseguia produzir a mais mera cintilação necessária, como a sombra de uma folha recém-aberta, em sua consciência trêmula e torturada. E estas percepções de mim ele interpretou, como eu sabia que faria, como a penitência inevitável de sua alma. Ele chegou a acreditar que havia feito mal ao amar silenciosamente Theresa todos estes anos, e a minha vingança foi permitir que ele acreditasse nisso, impeli-lo a sempre acreditar nisso.

Estou consciente de que este estado de espírito não era contínuo em mim. Também me lembro de que, quando Allan e Theresa estavam seguramente afastados e suficientemente miseráveis, eu os amava tão carinhosamente como sempre amei, mais carinhosamente talvez. Pois era impossível que eu não percebesse, em minha nova emancipação, que eram, cada um deles, algo maior do que os dois seres que um dia, ignorantemente, imaginei que fossem. Durante anos, eles haviam praticado uma abnegação a qual eu não poderia ter concebido, e a qual mesmo agora eu só podia admirar sem compreender por completo. Enquanto eu tinha vivido somente para mim, estas duas criaturas divinas tinham vivido por mim. Eles tinham me dado tudo, e, para eles mesmos, nada. Para meu próprio não merecido bem, suas vidas haviam sido um constante tormento de renúncia — um tormento que eles não haviam procurado aliviar com sequer a troca de um único olhar de compreensão. Houve até momentos maravilhosos quando, do fundo do meu coração recém-informado, tive pena deles — pobres criaturas, que, afastadas dos infinitos solares que eu passara a conhecer, ainda estavam totalmente enfiadas dentro daquela

Concha dos cinco sentidos
Tão frágil, tão lamentavelmente concebida para a dor.

Dentro dela, sim; mas exercendo qualidades que tão sublimemente a transcendiam. No entanto, a tímida e hesitante compaixão que nasceu em mim estava longe de ser capaz de derrotar a emoção anterior, mais terrena. Os dois, reconheci, estavam em uma espécie de conflito; em relação a isso, assumi que o conflito nunca terminaria. Durante anos (a forma como Allan e Theresa contavam o tempo) eu teria de me obrigar a recusar os grandes espaços e ficar sofrendo, ressentida, envergonhada, no mesmo local onde eles agonizavam.

Nunca poderia ser explicado, suponho, o que, para uma percepção desvitalizada como a minha, o contato dos seres mortais uns com os outros parece ser. Exercitar esta percepção livre de sentidos é perceber que o dom da profecia, embora tema de deslumbramento frequente, não é mais misterioso. O mais simples relance de nossa visão sensível e desobstruída consegue detectar a força da relação entre dois seres e, portanto, instantaneamente calcular sua duração. Quando se vê algo pesado suspenso por uma corda fina, sabe-se, sem qualquer feitiçaria, que em poucos momentos a corda se partirá; bem, tal exemplo, se você admitir a analogia, é o que chamam de profecia — é um conhecimento prévio. E foi assim que analisei Theresa e Allan. Era perfeitamente visível para mim que eles não teriam força por muito tempo para preservar, perto um do outro, a relação impessoal, desnudada, que insistiam em ter (e que eu influenciava por detrás); portanto, teriam de se separar. Foi minha irmã, talvez a mais sensível, que percebeu isso primeiro. Agora me era possível observá-los quase que constantemente. O esforço necessário para visitá-los havia diminuído, de modo que eu a observava, pobre menina angustiada, preparando-se para deixá-lo. Eu vi cada movimento relutante que ela fez. Vi seus olhos, desgastados pela autoconsciência; ouvi seus passos ficarem tímidos, influenciados por medos inexplicáveis; entrei em seu coração e ouvi suas lamentáveis e selvagens batidas. E ainda assim não interferi.

Pois neste momento eu tinha um maravilhoso, quase demoníaco, senso de como lidar com os assuntos de forma a satisfazer minha própria vontade egoísta. A qualquer momento eu podia remediar suas misérias; podia ter restaurado a felicidade e a paz. No entanto, me deu, e eu poderia chorar em admitir, uma alegria monstruosa saber que Theresa pensava estar deixando Allan por sua própria e livre intenção, quando era eu quem estava contornando, arranjando, insistindo... Contudo, ela sentiu minha presença perto dela; tenho certeza disso.

Alguns dias antes da hora de sua partida, minha irmã disse a Allan que gostaria de falar com ele após o jantar. Nossa bela casa ramificava-se a partir de um salão circular com grandes portas arqueadas em cada extremidade; e era através da porta traseira que sempre, na época do verão, após o jantar, saíamos para descansar no jardim contíguo. Como de costume, portanto, quando chegou a hora, Theresa foi até lá. Aquele brilho diurno horrível, que no meu estado atual achava tão difícil de suportar, estava se tornando mais suave. Uma delicada e caprichosa brisa crepuscular dançou inconsequentemente através das folhas que sussurravam languidamente. Flores pálidas e encantadoras floresciam como pequenas luas ao entardecer, e sobre elas o sopro das resedás pairava pesadamente. Era um lugar perfeito — e por tanto tempo foi nosso, de Allan e meu. Fiquei inquieta e um pouco enraivecida por aqueles dois estarem ali juntos agora.

Eles andaram juntos por um tempo, falando de coisas comuns e diárias. Então, de repente, Theresa não se conteve:

— Estou indo embora, Allan. Eu fiquei para fazer tudo o que precisava ser feito. Agora sua mãe estará aqui para cuidar de você, e está na hora de eu ir.

Ele olhou para ela e ficou parado. Theresa estava lá havia tanto tempo; ela definitivamente, na cabeça dele, pertencia àquele lugar. E ela era, como eu também ciumentamente sabia, tão adorável ali, a pequena e delicada criatura, no antigo salão, nas escadas largas, no jardim... Viver ali sem Theresa, mesmo a intencionalmente distante, perpetuamente abdicada Theresa — ele não tinha sonhado com isso, não podia, tão de repente, conceber.

— Sente-se — disse ele, e a puxou para seu lado em um banco —, e me diga o que está querendo dizer com isso, por que está indo. É por causa de algo que eu fiz?

Ela hesitou. Eu me perguntava se iria se atrever a dizer-lhe. Ela olhou para o lado, para longe dele, e ele esperou muito tempo para que ela falasse.

As estrelas pálidas estavam deslizando para seus lugares. O sussurro das folhas foi quase abafado. Tudo sobre eles era calmo, tranquilo e doce. Foi um daqueles maravilhosos momentos em que, por falta de um horizonte visível, o mundo ainda não escurecido parecia infinitamente maior — um momento em que tudo pode acontecer, em que tudo pode ser acreditado. Enquanto eu estava ali, observando, ouvindo, pairando, surgiram um propósito e uma coragem terríveis. Suponha, por um momento, que Theresa não apenas sentisse minha presença, mas também visse — será que ela se atreveria a dizer a ele?

Houve um breve espaço de esforços terríveis, todas as minhas forças agitadas e incertas se dedicaram ao máximo. O instante da minha luta foi infinitamente longo e a transição parecia ocorrer fora de mim — como alguém que está sentado em um trem, imóvel, vê as léguas da terra flutuarem. E então, em um flash brilhante e terrível, eu sabia que tinha conseguido — tinha conseguido a visibilidade. Estremecida, insubstancial, mas luminosamente aparente, eu estava ali diante deles. E, pelo instante em que mantive o estado visível, olhei diretamente para a alma de Theresa.

Ela deu um grito. E então, como o ser movido a impulsos bobos e cruéis que eu era, percebi o que tinha feito. Causei a coisa que desejava evitar. Pois Allan, em seu súbito terror e piedade, havia se curvado e a pegado em seus braços. Pela primeira vez, eles estavam juntos; e fui eu quem os tinha aproximado.

Então, sussurrando para lhe contar o motivo de seu choro, Theresa disse:

— Frances estava aqui. Você não a viu, ali de pé, sob os lilases, sem nenhum sorriso no rosto?

— Minha querida, minha querida! — Foi tudo o que Allan disse. Já havia muito tempo que eu pairava invisivelmente ali, e ele sabia que Theresa estava certa.

— Suponho que você sabe o que significa — perguntou-lhe ela, calmamente.

— Querida Theresa — disse Allan, lentamente —, se você e eu formos embora para algum lugar, não poderíamos fugir de toda essa fantasmagoria? Você virá comigo?

— A distância não a baniria — afirmou minha irmã com confiança. Disse, então, suavemente: —Você já pensou como deve ser uma coisa solitária estar tão recentemente morta? Piedade dela, Allan. Nós, que estamos quentes e vivos, devemos ter pena dela. Ela ainda o ama... esse é o significado de tudo isso, você sabe... e ela quer que entendamos que, por esse motivo, devemos nos manter separados. Ah, estava tão claro em seu rosto pálido enquanto ela estava ali. E você não a viu?

— Foi seu rosto que eu vi — disse Allan solenemente a ela... ah, como ele tinha se tornado diferente do Allan que eu tinha conhecido! —, e o seu é o único rosto que eu quero ver. — E mais uma vez ele a puxou até ele.

Ela se afastou dele.

— Você está desafiando-a, Allan! — gritou. — E não deveria. Ela tem o direito de nos manter separados, se desejar. As coisas devem ser como ela quer. Irei, como já lhe disse. E, Allan, eu imploro, deixe-me ter a coragem de fazer o que ela exige.

Eles estavam de frente um para o outro no crepúsculo profundo, e as feridas que eu havia infligido ficaram vermelhas e acusadoras.

— Devemos ter pena dela — disse Theresa.

E quando me dei conta daquele discurso extraordinário e vi a agonia em seu rosto, e uma agonia ainda maior no de Allan, veio a grande divisão irreparável entre a mortalidade e eu. Em uma chama rápida e misericordiosa, a última das minhas emoções mortais — quão terríveis e insistentes elas eram — deve ter sido consumida. Meu frio aperto ao redor de Allan se afrouxou e um novo amor não mortal por ele floresceu em meu coração.

Eu sofria agora, porém, de uma dificuldade com a qual minha pouca experiência neste estado mais novo não sabia lidar. Como eu poderia deixar claro para Allan e Theresa que eu desejava uni-los, para curar as feridas que eu havia feito?

Compassivamente, preenchida de remorso, fiquei perto deles toda aquela noite e no dia seguinte. Eu já havia chegado ao ponto de uma grande determinação. No pouco tempo que me restava antes que Theresa se fosse e Allan ficasse desolado, vislumbrei qual seria o único caminho para convencê-los de que eu estava de acordo.

Na mais profunda escuridão e no silêncio da noite seguinte, fiz um esforço maior do que qualquer outro que precisarei fazer. Quando eles pensam em mim, Allan e Theresa, eu rezo agora para que se lembrem do que fiz naquela noite, e para que minhas mil frustrações e egoísmos possam murchar e ser soprados de suas memórias indulgentes.

Na manhã seguinte, como ela havia planejado, Theresa apareceu no café da manhã vestida para sua viagem. Acima, em seu quarto, ouviam-se os sons da partida. Eles falaram pouco durante a breve refeição, mas quando ela terminou Allan disse:

— Theresa, falta meia hora para você ir. Você pode ir comigo lá em cima? Tive um sonho que devo lhe contar.

— Allan! — Ela olhou para ele, assustada, mas foi. — Você sonhou com Frances — disse ela em voz baixa quando entraram juntos na biblioteca.

— Eu disse que foi um sonho? Mas eu estava desperto... completamente desperto. Eu não tinha dormido bem e ouvi, duas vezes, o bater do relógio. E enquanto eu estava ali deitado, olhando para as estrelas e pensando em você, Theresa, ela veio até mim; estava ali diante de mim, no meu quarto. Não era um espectro transparente, você entende; era Frances, literalmente ela. De alguma forma inexplicável, eu parecia estar ciente de que ela queria me dizer algo e esperei, observando seu rosto. Depois de alguns momentos, ela falou. Na verdade, ela não falou, precisamente. Quer dizer, tenho certeza de que não ouvi nenhum som. No entanto, as palavras que vieram dela foram suficientemente claras. Ela disse: "Não deixe Theresa ir. Fique com ela." Depois ela foi embora. Isso foi um sonho?

— Eu não tinha a intenção de lhe dizer — respondeu Theresa, com entusiasmo —, mas agora devo fazê-lo. É maravilhoso demais. A que horas seu relógio bateu, Allan?

— Uma, a última vez.

— Sim; foi então que eu acordei. E ela tinha estado comigo. Eu não a tinha visto, mas seu braço tinha estado sobre mim, e beijou minha bochecha. Ah. Eu sabia; era inconfundível. E o som de sua voz estava comigo.

— Então ela também lhe pediu...

— Sim, para ficar com você. Estou contente por termos dito um ao outro. — Ela sorriu com lágrimas nos olhos e começou a abotoar seu casaco.

— Mas você não vai... agora! — exclamou Allan. — Você sabe que não pode, agora que ela lhe pediu que ficasse.

— Então você acredita, como eu acredito, que foi ela? — perguntou Theresa.

— Eu nunca conseguirei entender, mas sei — respondeu ele. — E agora, você ficará?

Estou livre. Não haverá mais nenhuma aparição minha na casa, nem o som da minha voz será ouvido, ou um eco sombrio do meu antigo eu terreno. Eles não precisam mais de mim, aqueles que eu reuni. A maior alegria que os habitantes da concha dos cinco sentidos podem conhecer pertence a eles. E a mim, pertence a alegria transcendental dos espaços invisíveis.

SILÊNCIO

Leonid Andreyev

Rússia

1900

I

Em uma noite de luar em maio, quando os rouxinóis estavam cantando, a esposa do padre Ignaty foi até ele, que estava sentado em seu escritório. O rosto dela era de um sofrimento expressivo, e a pequena lâmpada tremia em sua mão. Ela se aproximou de seu marido, tocou-o no ombro e disse, soluçando:

— Padre, vamos ver Verochka!

Sem virar a cabeça, padre Ignaty franziu a testa para sua esposa sobre seus óculos, e olhou longa e fixamente, até que ela fez um movimento de desconforto com sua mão livre, e sentou-se em um divã baixo.

— Como vocês dois são teimosos — disse ela lentamente, com forte ênfase na palavra "dois", e seu rosto gentilmente inchado foi contorcido em um olhar de dor e dureza, como se quisesse expressar quão duras as pessoas podiam ser... seu marido e sua filha.

O padre Ignaty deu uma risada e se levantou. Fechando o livro, ele tirou seus óculos, colocou-os no estojo e exibiu um semblante melancólico. Sua grande barba negra, salpicada com fios prateados, acomodava-se em uma curva graciosa sobre seu peito, subindo e descendo lentamente sob sua respiração profunda.

— Bem, então, iremos até lá! — disse ele.

Olga Stepanovna levantou-se rapidamente, e perguntou com uma voz tímida e insinuante:

— Só não a repreenda, padre! Você sabe como ela é.

O quarto de Vera ficava em um mirante no topo da casa, e as estreitas escadas de madeira dobravam e gemiam sob os pesados passos do padre Ignaty. Alto e maciço, ele era obrigado a inclinar-se para não bater com a cabeça contra o teto acima, e franziu a testa fastidiosamente quando o casaco branco de sua esposa tocou seu rosto. Ele sabia que não conseguiria nada de sua conversa com Vera.

— O que você quer? — perguntou Vera, levantando um braço aos olhos. O outro apoiava-se na colcha branca da cama, da qual dificilmente se distinguia, tão branco e frio.

— Verochka! — começou a mãe, mas deu um soluço e ficou em silêncio.

— Vera! — disse o pai, esforçando-se para suavizar sua voz seca e dura. — Vera, fale-nos o que há de errado com você.

Vera ficou em silêncio.

— Vera, sua mãe e eu não merecemos sua confiança? Nós não a amamos? Há alguém mais próximo de você do que nós? Fale-nos de sua dor e, acredite em mim, um homem velho e experiente, você se sentirá melhor. E nós também. Olhe para sua mãe, como ela está sofrendo.

— Verochka...!

— E para mim. — A voz dele tremia, como se algo nele tivesse se partido em dois. — Você pensa que é fácil para mim? Como se eu não estivesse vendo que algum pesar está te devorando, mas o que é? E eu, seu pai, sou mantido na ignorância. Você acha que isso está certo?

Vera ainda mantinha o silêncio. Padre Ignaty acariciou sua barba com precaução, como se temesse que seus dedos começassem a rasgá-la involuntariamente, e continuou:

— Contra a minha vontade, você foi a São Petersburgo... amaldiçoei-a por sua desobediência? Ou lhe recusei dinheiro? Ou é possível dizer que não fui gentil? Bem, por que você não fala? Percebe o que a boa São Petersburgo fez com você?!

O padre Ignaty deixou de falar, e imaginou em sua mente um lugar grande, granítico, terrível, cheio de perigos desconhecidos e de pessoas estranhas e insensíveis. E lá, sozinha e fraca, estava sua Vera, e lá ela havia sido arruinada. Um ódio irado contra aquela terrível cidade incompreensível cresceu na alma do padre Ignaty, juntamente com a raiva contra sua filha, que se manteve em silêncio, tão obstinadamente silenciosa.

— São Petersburgo não tem nada a ver com isso — respondeu Vera, e fechou os olhos. — Mas não há nada de errado comigo. É melhor vocês irem para a cama, já é tarde.

— Verochka! — exclamou sua mãe. — Minha filhinha, confie em mim!

— Ah! Mamãe! — disse Vera, interrompendo-a impacientemente.

O padre Ignaty sentou-se em uma cadeira e começou a rir.

— Bem, então nada está errado? — perguntou ele ironicamente.

— Pai — disse Vera, em voz aguçada, levantando-se de sua cama —, você sabe que eu amo você e a mamãe..., mas me sinto tão entediada. Tudo isso vai passar. Realmente, é melhor vocês irem para a cama. Eu também quero dormir. Amanhã, ou em algum momento, iremos conversar.

O padre Ignaty levantou-se abruptamente, de modo que sua cadeira bateu contra a parede, e pegou o braço de sua esposa.

— Vamos!

— Verochka!

— Vamos — gritou o padre Ignaty. — Se ela esqueceu Deus, nós também a esqueceremos! Por que não deveríamos?!

Ele afastou Olga Stepanovna, quase pela força, e, enquanto desciam as escadas, a mulher, arrastando seus pés lentamente, disse num sussurro de raiva:

— Argh! Foi você que a deixou assim. É de você que ela puxou esta maneira. E você terá que responder por isso. Ah! Como eu sou miserável...

E começou a chorar, piscando os olhos de modo que não conseguia ver os degraus, e deixando seus pés descerem como se mergulhasse num abismo para o qual ela desejava se precipitar.

A partir daquele dia, o padre Ignaty deixou de falar com a filha e ela parecia não notar a mudança. Como antes, deitava-se em seu quarto, andava por aí, enxugando frequentemente os olhos com as palmas das mãos, como se estivessem obstruídos. Oprimida pelo silêncio dessas duas pessoas, a esposa do padre, que gostava de piadas e risos, ficou perdida e tímida, mal sabendo o que dizer ou fazer.

Às vezes, Vera saía para um passeio. Cerca de uma semana após a conversa narrada anteriormente, ela saiu à noite, como de costume.

Eles nunca mais a viram viva, pois naquela noite jogou-se debaixo de um trem, que a cortou em duas partes.

O próprio padre Ignaty a enterrou. Sua esposa não estava presente na igreja, porque com a notícia da morte de Vera ela tinha tido um derrame cerebral. Ela havia perdido o uso dos pés, das mãos e da língua, e ficou imóvel em um quarto semiescuro, enquanto perto dela os sinos tocavam no campanário. A esposa ouviu todos saindo da igreja, ouviu os coristas cantando diante de sua casa e tentou levantar a mão para fazer o sinal da cruz, mas a mão não obedeceu à sua vontade. Ela desejava dizer: "Adeus, Vera", mas sua língua estava inerte em sua boca, inchada e pesada. Ela estava tão imóvel que qualquer um que a visse teria pensado que estava descansando ou dormindo, se não fossem seus olhos abertos.

Muitas pessoas estavam na igreja durante o funeral, tanto conhecidos do padre Ignaty como estranhos. Todos os presentes choraram por Vera, que havia morrido de forma terrível, e tentaram encontrar nos movimentos e na voz do padre Ignaty sinais de profundo pesar. Eles não gostavam do padre porque era rude e altivo em seus modos, duro e imperdoável com seus penitentes, enquanto ele mesmo, invejoso e ganancioso, aproveitava todas as oportunidades para arrancar mais do que suas cotas de um paroquiano. Todos desejavam vê-lo sofrer, despedaçado; desejavam vê-lo reconhecer que era duplamente culpado da morte de sua filha — como um pai cruel e como um padre ruim, que não podia proteger sua própria carne e sangue do pecado. Então, todos o observavam com curiosidade, mas ele, sentindo os olhos voltados para suas amplas e poderosas costas, se esforçou para endireitá-las, e não pensou tanto em sua filha morta, mas em não comprometer sua dignidade.

— Muito bem colocado, padre — disse Karzenov, o carpinteiro, a quem ainda devia dinheiro por alguns trabalhos, com um aceno de cabeça em sua direção.

E assim, firme e ereto, o padre Ignaty foi ao cemitério e voltou da mesma forma. Foi apenas quando ele chegou à porta do quarto de sua esposa que perdeu um pouco a postura (mas isso pode ter sido porque a porta não era suficientemente alta para sua estatura). Vindo de um ambiente claro, custou a distinguir o rosto de sua esposa, e, quando conseguiu, percebeu que ela estava perfeitamente imóvel e que não havia lágrimas nos olhos dela. Neles não havia raiva nem tristeza; eles não tinham expressão e eram dolorosamente, obstinadamente silenciosos, como também todo o seu corpo obeso e fraco que estava pressionado contra o leito da cama.

— Então, como está se sentindo? — perguntou o padre Ignaty.

Mas seus lábios não se moviam e seus olhos tampouco diziam algo. O padre Ignaty colocou a mão na testa dela; estava fria e úmida, e Olga Stepanovna não deu nenhum sinal de que tivesse sentido seu toque. Quando ele tirou as mãos da testa, dois olhos profundos e cinzentos olharam para ele sem piscar; pareciam quase pretos por causa das pupilas dilatadas, e neles ainda não havia nem dor nem raiva.

— Bem, eu irei para meu quarto — disse o padre Ignaty, que tinha ficado frio e assustado.

Ele passou pelo quarto de hóspedes, onde tudo estava limpo e ordenado como sempre, e as cadeiras de encosto alto estavam cobertas por lençóis brancos, como cadáveres. Em uma das janelas estava pendurada uma gaiola de arame, mas ela estava vazia e a porta estava aberta.

— Nastasya! — chamou o padre Ignaty. Sua voz lhe pareceu dura, e ele se sentiu constrangido, por ter gritado tão alto naquele quarto silencioso, logo após o funeral de sua filha. — Nastasya — chamou mais gentilmente. — Onde está o canário?

A cozinheira, que havia chorado tanto que seu nariz ficou inchado e vermelho como uma beterraba, respondeu rudemente:

— Não sei. Ele voou para longe.

— Por que você o deixou ir? — perguntou o padre Ignaty, irritado, erguendo suas sobrancelhas.

Nastasya explodiu em lágrimas, limpando os olhos com as pontas de um lenço estampado que usava sobre a cabeça, e disse através de suas lágrimas:

— A querida pequena alma da senhorita. Como eu poderia mantê-la?

E parecia até mesmo ao padre Ignaty que o canário amarelo feliz, que costumava sempre cantar alegremente, era realmente a alma de Vera, e que, se não tivesse voado para longe, teria sido impossível dizer que Vera estava morta. Ficando ainda mais irritado com a cozinheira, gritou:

— Saia daqui! — E quando Nastasya não passou imediatamente pela porta, acrescentou: — Tola!

II

Desde o dia do funeral, um silêncio reinava na casa. Não era quietude, pois isso é a mera ausência de barulho, mas era silêncio, o que significa que aqueles que mantinham silêncio poderiam, aparentemente, falar se quisessem. Assim pensava padre Ignaty quando, entrando nos aposentos de sua esposa, encontrava um olhar obstinado, tão pesado que era como se todo o ar tivesse virado chumbo e pressionasse a cabeça e as costas dele. Assim ele pensava quando examinava a partitura de sua filha, na qual a própria voz da jovem ficou impressa; seus livros, e seu retrato, um grande quadro colorido, que ela havia trazido de São Petersburgo. Examinava seu retrato em uma certa ordem.

Primeiro ele olhava para seu pescoço, no qual a luz era lançada no retrato, e imaginava por si mesmo um arranhão, como o que havia no pescoço da Vera morta, e cuja origem ele não conseguia entender. Sempre pensava sobre o assunto. Se tivesse sido o trem, ele teria estilhaçado toda a cabeça dela, mas a cabeça da Vera morta havia permanecido bem ilesa.

Será que alguém lhe tocou com o pé quando levaram o cadáver; ou poderia o arranhão ter sido feito involuntariamente com um prego?

Mas pensar muito sobre os detalhes de sua morte era horrível para o padre Ignaty, por isso ele logo passava aos olhos do retrato. Eram negros e bonitos, com cílios longos, cuja sombra destacava os brancos dos olhos de maneira peculiarmente brilhante, e havia uma aura de luto neles. O artista desconhecido, um homem de talento, havia dado a eles uma expressão estranha. Era como se entre os olhos, e sobre onde eles descansavam, houvesse uma película fina e transparente. Lembrava um tampo negro de um piano de cauda, no qual o pó do verão repousa em uma camada fina, quase imperceptível, mas que ainda diminui o brilho da madeira polida. E, onde quer que o padre Ignaty colocasse o retrato, os olhos o seguiam continuamente, não falando, mas em silêncio; e o silêncio era tão claro que parecia ser possível ouvi-lo. Pouco a pouco, parecia que o padre Ignaty ouvia o silêncio.

Todas as manhãs após a eucaristia ele ia até a sala de estar, olhava de relance a gaiola vazia e toda a disposição conhecida da sala, sentava-se numa cadeira com apoio para os braços, fechava os olhos e escutava o silêncio da casa. Era algo estranho. A gaiola estava suave e ternamente silenciosa; a dor, as lágrimas e as risadas mortas longínquas eram sentidas naquele silêncio. O silêncio de sua esposa, suavizado pelas paredes intermediárias, era obstinado, sólido e terrível, tão terrível que o padre Ignaty sentia frio no dia mais quente. Infinito, frio como o túmulo, misterioso como a morte, era o silêncio de sua filha. Era como se o silêncio fosse uma tortura para o próprio quadro, como se desejasse apaixonadamente falar, mas algo forte e enfadonho, como uma máquina, o continha e o esticava como um fio. E então, em algum lugar distante, o fio começava a vibrar e a emitir um som suave, tímido e deplorável. Padre Ignaty, com uma mistura de alegria e medo, capturava este som incipiente, e, pressionando suas mãos nos braços da cadeira, esticava a cabeça para a frente e aguardava que o som o alcançasse. Mas ele se rompia, retornando, assim, ao silêncio.

— Bobagem! — exclamava o padre Ignaty, com raiva, levantando-se da cadeira, alto e ereto como sempre.

Da janela, era possível ver o mercado, banhado pela luz do sol, pavimentado com pedras redondas, e do outro lado a parede de pedra ao redor do armazém sem janelas. Na esquina havia uma cabine, como se fosse uma estátua em barro, e era incompreensível por que ela continuava ali se durante horas inteiras não se via um único transeunte.

III

Fora de casa, padre Ignaty tinha muito que conversar com seus subordinados eclesiásticos e com seus paroquianos durante o desempenho de suas funções; às vezes, conversava com conhecidos quando os organizava por “Preferência”. Mas, quando voltava para casa, parecia que tinha ficado o dia todo em silêncio. Isso se devia ao fato de que com nenhuma daquelas pessoas ele poderia falar sobre a questão que era a principal e mais importante de todas, a que lhe abalava os pensamentos todas as noites: por que Vera tinha morrido?

O padre Ignaty não estava disposto a admitir para si mesmo que agora era impossível resolver este embaraço, e continuou pensando que ainda era possível.

Todas as noites — e agora elas eram todas noites sem sono — lembrava-se do momento em que ele e sua esposa haviam ficado ao lado da cama de Vera à meia-noite mais escura, e ele a havia implorado: "Fale!" Quando, em suas lembranças, ele chegava a essa palavra, o resto da cena se apresentava a ele como diferente do que realmente tinha sido. Seus olhos fechados preservaram em sua escuridão uma imagem vívida e nítida daquela noite; eles viram claramente Vera se levantar da cama e dizer algo com um sorriso — mas o que ela tinha dito?

Aquelas palavras não pronunciadas, que resolveriam toda a questão, pareciam tão próximas que, se esticasse o ouvido e acalmasse o batimento de seu coração, então, ele a ouviria — ao mesmo tempo, estavam infinitamente, desesperadamente distantes.

O padre Ignaty se levantava da cama e esticava as mãos em um gesto de súplica:

— Vera!

E o silêncio era a resposta que ele recebia.

Certa noite, o padre Ignaty foi ao quarto de Olga Stepanovna, onde ele não entrava havia cerca de uma semana, e, sentado perto da cabeceira de sua cama, ele se afastou de seu olhar triste e obstinado e disse:

— Olga! Quero falar com você sobre Vera. Você está ouvindo?

Seus olhos estavam em silêncio, e o padre Ignaty, levantando a voz, começou a falar nos tons altos e severos com os quais se dirigia a seus penitentes:

— Sei que você pensa que fui a causa da morte de Vera. Mas, considere, eu a amava menos do que você? Você me julga estranhamente rigoroso, mas será que isso a impediu de fazer o que ela queria? Pouco dei importância ao respeito que me era devido enquanto pai; abaixei a cabeça mansamente quando ela, sem medo de minhas pragas, foi embora para lá. E você suplicou-lhe que ficasse, até que eu ordenei que ficasse em silêncio. Sou responsável por ela ter nascido com o coração duro? Eu não a ensinei sobre Deus, humildade e amor?

O padre Ignaty encarou rapidamente sua esposa e afastou o olhar.

— O que eu poderia fazer se ela não se abria para mim? Exigir? Eu exigi. Suplicar? Eu supliquei. O quê? Você acha que eu deveria ter me ajoelhado diante de uma menina, e chorado, como uma velha! O que ela tinha na cabeça, e onde ela arrumou tais ideias, eu não sei. Cruel, filha sem coração!

O padre Ignaty bateu os punhos nos joelhos.

— Ela era desprovida de amor... é isso! Sei muito bem do que ela me chamava... um tirano. A você ela amava, não amava? Você que chorou, e humilhou-se? — O padre Ignaty riu sem fazer barulho. — A-m-a-v-a! É isso; para consolá-la, ela escolheu uma morte tão cruel e vergonhosa! Ela morreu no lastro, na sujeira, como um a-n-i-m-a-l que leva chutes no focinho de qualquer estranho.

A voz do padre Ignaty soava baixa e rouca:

— Tenho vergonha! Tenho vergonha de sair para a rua! Sinto vergonha de sair da capela-mor! Sinto vergonha diante de Deus. Filha cruel e indigna! Deveriam amaldiçoá-la em sua cova...

Quando o padre Ignaty olhou novamente para sua esposa, ela tinha desmaiado, e não acordou por algumas horas. Quando se recuperou, os olhos dela ficaram em silêncio, e era impossível saber se entendia o que o padre Ignaty lhe havia dito, ou não.

Naquela mesma noite — uma noite de luar em julho, quieta e quente — o padre Ignaty se arrastou na ponta dos pés, para que sua esposa e a enfermeira não o escutassem, e subiu as escadas para o quarto de Vera. A janela do mirante não havia sido aberta desde a morte da filha, e a atmosfera estava seca e quente, com um leve cheiro do telhado de ferro, que havia aquecido durante o dia. Um sentimento desabitado e deserto era palpável naquele cômodo, o qual não recebia visitas havia tanto tempo, e no qual a madeira das paredes, os móveis e outros objetos emitiam um leve cheiro de decadência crescente.

A luz da lua caía em uma faixa brilhante através da janela e do piso e era refletida pelas tábuas brancas cuidadosamente lavadas, iluminando os cantos com uma semiluz; a cama branca limpa, com seus dois travesseiros, um grande e um pequeno, parecia fantasmagórica. O padre Ignaty abriu a janela e o ar derramou-se no quarto em um amplo fluxo, cheirando a poeira do rio vizinho e a limo, e preencheu o cômodo com um coro pouco audível, aparentemente, de pessoas remando em um barco e cantando enquanto isso.

Pisando silenciosamente com seus pés nus, como um fantasma branco, padre Ignaty se aproximou da cama vazia; dobrando os joelhos, caiu sobre os travesseiros e os abraçou — o lugar onde o rosto de Vera deveria estar.

Ele ficou muito tempo assim. A canção ficou mais alta, e depois gradualmente se tornou inaudível; mas ele ainda estava ali deitado, com seus longos cabelos negros desgrenhados sobre os ombros e sobre a cama.

A lua havia se movido e o quarto havia se tornado mais escuro quando padre Ignaty levantou a cabeça e jogou em sua voz toda a força de um longo amor reprimido e não reconhecido, e, ouvindo suas próprias palavras como se fosse Vera, exclamou:

— Vera, minha filha! Você entende o que isso significa, filha? Filhinha! Meu coração! Meu sangue, minha vida! Seu pai, seu pobre e velho pai, já pálido e fraco. — Seus ombros tremeram e toda sua pesada estrutura convulsionou. Com um tremor, o padre Ignaty sussurrou ternamente, como a uma criança pequena: — Seu pobre e velho pai lhe pergunta. Sim, Verochka, ele implora. Ele chora. O que nunca fez. Sua tristeza, minha filhinha, seu sofrimento, são meus. Mais do que os meus. — O padre Ignaty balançou a cabeça. — Mais, Verochka. O que é a morte para mim, um homem velho? Mas você... Se ao menos tivesse percebido quão terna, frágil e tímida você era! Você se lembra quando espetou o dedo e sangrou, e começou a chorar? Minha filhinha! E você de fato me ama, me ama muito, eu sei. Toda manhã você beija minha mão. Fale; fale do que a está afligindo — e eu com estas duas mãos estrangularei sua dor. Elas ainda são fortes, Vera, estas mãos.

Seus punhos tremeram.

— Fale!

Ele fixou seus olhos na parede e, estendendo as mãos, exclamou:

— Fale!

Mas o cômodo permaneceu silencioso e, de longe, o som dos apitos longos e curtos de uma locomotiva tornou-se audível.

Padre Ignaty, rolando seus olhos distendidos, como se estivesse diante dele o fantasma assustador de um cadáver mutilado, levantou-se lentamente e, com movimento incerto, ergueu a mão, com os dedos separados e nervosamente esticados, até a cabeça. Saindo pela porta, ele sussurrou bruscamente a palavra:

— Fale!

E o silêncio foi a resposta que recebeu.

IV

No dia seguinte, depois de um jantar cedo e solitário, padre Ignaty foi ao cemitério — pela primeira vez desde a morte de sua filha. Era perto, deserto, e, ainda assim, era como se o dia quente não passasse de uma noite iluminada; mas o padre Ignaty, como hábito, endireitou as costas com esforço, olhando severamente de um lado para o outro, e pensando que era o mesmo de sempre. Ele não se importava com a nova, mas terrível, fraqueza de suas pernas, nem que sua longa barba tivesse ficado completamente branca, como se tivesse sido tocada por uma geada. O caminho para o cemitério era por uma rua longa e reta, que se inclinava suavemente para cima, e no final da qual brilhava o telhado do portão do cemitério, que era como uma boca preta, sempre aberta, com os dentes brilhantes.

O túmulo de Vera ficava nos fundos do cemitério, onde o caminho de sepulturas terminava; o padre Ignaty teve que vagar por longos caminhos estreitos, ao longo de uma linha incerta de pequenas elevações que se projetavam da grama, esquecidas de todos, abandonadas por todos. Aqui e ali ele encontrou monumentos inclinados e verdes com a idade, grades quebradas e grandes pedras pesadas jogadas no chão, pressionando-o com uma espécie de maldade senil.

O túmulo de Vera se localizava ao lado de uma destas pedras. Estava coberto de capim, já ficando amarelo, embora ao redor estivesse tudo verde. Uma tramazeira estava entrelaçada com um carvalho, e uma aveleira amplamente espalhada esticava seus galhos com folhas rugosas e peludas sobre a cova. Sentado no túmulo vizinho e suspirando repetidamente, o padre Ignaty olhou em volta e para o céu sem nuvens, no qual a esfera vermelha e quente do sol estava suspensa em perfeita imobilidade — e então ele se tornou consciente daquela quietude profunda e incomparável que se agarra a um cemitério, quando não há sequer uma lufada de vento para fazer sussurrar as folhas mortas. E mais uma vez veio à mente do padre Ignaty o pensamento de que aquilo não se tratava de quietude, mas de silêncio. Ele transbordava para as paredes de tijolo do cemitério, subia sobre elas, e submergia na cidade. E terminava ali — naqueles olhos cinzentos, teimosos e obstinadamente silenciosos.

O padre Ignaty encolheu os ombros, pois estava começando a sentir frio, e deixou seus olhos caírem sobre o túmulo de Vera. Olhou demoradamente para os pequenos caules curtos de grama, que haviam sido arrancados do solo em algum lugar nos largos campos varridos pelo vento, e que não conseguiram criar raízes no novo solo; não era capaz de conceber que ali, debaixo daquela grama, a poucos metros dele, estava Vera. E esta proximidade parecia incompreensível, imbuindo sua alma de uma confusão e de um estranho alarme. Ela, em quem ele já havia se acostumado a pensar como alguém que desaparecera para sempre na profundidade escura do infinito, estava ali, perto — e era difícil entender que, mesmo assim, ela não estava, e nunca mais voltaria a estar. E parecia ao padre Ignaty que, se ele falasse alguma palavra, que quase sentia em seus lábios, ou se fizesse algum movimento, Vera sairia do túmulo, e se levantaria tão alta e bela como sempre. E que não somente ela se levantaria, mas que todos os mortos que podiam ser sentidos, tão fantásticos em seu silêncio solene e frio, também se levantariam.

Padre Ignaty tirou seu chapéu preto de aba larga, passou as mãos por seus cachos e disse em um sussurro:

— Vera!

Ele ficou inquieto por achar que alguém poderia estar ouvindo, e subiu na tumba para olhar por sobre as cruzes. Não havia ninguém por perto, e ele repetiu em voz alta:

— Vera!

Era a velha voz do padre Ignaty, seca e exigente, e era estranho que uma exigência feita com tanta força ficasse sem resposta.

— Vera!

Chamou em tom alto e persistente, e quando ficou em silêncio por um momento parecia que em algum lugar abaixo uma resposta vaga ressoava. O padre Ignaty olhou mais uma vez ao redor, afastou seus cabelos das orelhas e as colocou sobre a grama áspera.

— Vera! Fale!

E o padre Ignaty sentiu com horror que algo frio como a tumba penetrou em seu ouvido e congelou seu cérebro, e que Vera tinha falado — mas o que ela disse foi o mesmo longo silêncio de sempre. As coisas tornaram-se cada vez mais alarmantes e terríveis, e quando o padre Ignaty ergueu com esforço sua cabeça, pálida como a de um cadáver, pareceu-lhe que todo o ar tremia e vibrava com um silêncio ressonante, como se uma tempestade selvagem tivesse varrido um mar revolto. O silêncio o sufocava: continuava correndo para trás e para a frente através de sua cabeça em ondas geladas e arrepiava seus cabelos; ele o sentia partir-se em seu peito, que gemia sob os choques. Tremendo por toda parte, olhando rapidamente e com nervosismo para os lados, ele se levantou lentamente, e com uma força torturante endireitou as costas para restaurar a orgulhosa postura ao seu corpo trêmulo. Isso ele conseguiu. Com lenta deliberação, sacudiu a terra dos joelhos, colocou seu chapéu, fez o sinal da cruz três vezes sobre a cova e partiu com o andar firme e uniforme; no entanto, não reconheceu o cemitério e perdeu-se no caminho.

— Me perdi — disse, rindo, e ficou parado nos caminhos da ramificação.

Ele ficou parado por um momento e depois, sem pensar, virou à esquerda, porque era impossível ficar ali parado esperando. O silêncio o perseguiu. Estava por toda parte: erguendo-se das sepulturas verdes; soprado pelas cruzes cinzentas e sombrias; saído em finos fluxos sufocantes de cada poro do chão, que estava saturado com cadáveres. Os passos do padre Ignaty se tornaram cada vez mais rápidos. Atordoado, ele percorria os mesmos caminhos repetidamente, saltava os túmulos, tropeçava contra grades, agarrava-se a grinaldas e elas se rasgavam em suas mãos. Apenas um pensamento, o de sair dali, estava em sua mente. Ele se apressou de um lado para o outro, e finalmente correu sem ruído, uma figura alta, quase irreconhecível em sua batina, com seus cabelos flutuando no ar. Qualquer um ficaria mais assustado em encontrar essa forma selvagem de homem correndo, saltando, balançando seus braços — se conseguisse reconhecer seu rosto louco, distorcido, e ouvido o balbuciar que escapava de sua boca aberta — do que se tivesse visto um cadáver erguendo-se da cova.

Em plena corrida, o padre Ignaty saltou para a pequena praça no final da qual ficava a capela mortuária, branca e baixa. No alpendre, em um pequeno banco, um velho que parecia um peregrino de longe estava adormecido, e perto dele duas velhas mendigas brigavam.

Quando o padre Ignaty chegou em casa, já estava ficando escuro, e a lâmpada estava acesa no quarto de Olga Stepanovna. Sem trocar de roupa ou tirar o chapéu, rasgado e empoeirado, ele foi apressado para sua esposa e caiu de joelhos.

— Olga, tenha piedade de mim! — soluçou ele. — Estou ficando louco.

Ele apoiou a cabeça contra a beira da mesa e soluçou tumultuosamente, dolorosamente, como faz um homem que nunca chora. Levantou a cabeça, confiante de que naquele momento seria realizado um milagre, e que sua esposa falaria e teria pena dele.

— Querida!

Com todo o seu grande corpo, ele se estendeu em direção à esposa, e encontrou seu olhar cinzento. Neles não havia nem compaixão nem raiva. Talvez sua esposa o tivesse perdoado e sentisse alguma pena dele, mas naqueles olhos não havia nem piedade nem perdão. Eles eram inexpressivos e silenciosos.

E toda a casa desolada ficou em silêncio.

CORAÇÕES PERDIDOS

M. R. James

Inglaterra

1904

Foi, até onde posso verificar, em setembro do ano de 1811 que uma carruagem parou diante das portas de Aswarby Hall, no coração de Lincolnshire. O garotinho, que era o único passageiro, saltou assim que ela parou, e olhou para o casarão com a mais aguçada curiosidade durante o curto intervalo que transcorreu entre o toque do sino e a abertura da porta. Ele viu diante de si uma casa alta, quadrada, de tijolos vermelhos, construída durante o reinado da rainha Ana; um alpendre de pedra foi acrescentado no mais puro estilo clássico de 1790; as janelas da casa eram altas, estreitas e em grande quantidade, com vidraças pequenas e madeira branca grossa. Um frontão, que exibia uma janela redonda, coroava a frente. Havia alas para a direita e para a esquerda, ligadas por curiosas galerias envidraçadas, apoiadas por colunatas a partir do bloco central. Essas alas continham claramente os cômodos e escritórios da casa. Cada um era sobreposto por uma cúpula ornamental com detalhes dourados.

Uma luz noturna iluminava o edifício, fazendo as janelas brilharem como muitos incêndios. À frente da casa estendia-se um parque plano cravejado de carvalhos e cercado por pinheiros, que se destacavam contra o céu. O relógio na torre da igreja, cercado por árvores na borda do parque, com apenas seu cata-vento dourado alcançando a luz, marcava seis horas, e o som do sino bateu suavemente ao vento. A primeira impressão que ocorreu ao menino, embora tingida com a típica melancolia de uma noite de início de outono, foi agradável, enquanto ele permaneceu ali de pé no alpendre, esperando a porta se abrir.

A carruagem o havia trazido de Warwickshire, onde, cerca de seis meses antes, ele havia ficado órfão. Agora, devido à generosa oferta de seu primo idoso, sr. Abney, ele tinha vindo morar em Aswarby. A oferta foi inesperada, porque todos que conheciam alguma coisa sobre o sr. Abney viam-no como um recluso um tanto austero, em cuja casa a chegada de um menino pequeno significaria um elemento novo e, ao que parecia, incongruente. A verdade é que muito pouco se sabia sobre as motivações ou temperamento do sr. Abney. O professor de grego de Cambridge afirmava que ninguém conhecia mais as crenças religiosas dos pagãos do que o proprietário de Aswarby. Certamente sua biblioteca continha todos os livros então disponíveis sobre os Mistérios de Elêusis, Orfismo, Mitraísmo e neoplatonismo. No salão de mármore pavimentado estava um belo grupo de Mitras matando um touro, que havia sido importado com grandes despesas pelo proprietário. Ele contribuíra com uma descrição para a *Gentleman's Magazine*, e escreveu uma série notável de artigos para a *Critical Museum* sobre as superstições dos romanos do Baixo Império. Era visto como um homem que passava o tempo todo debruçado em seus livros, e foi uma grande surpresa entre os vizinhos que ele soubesse de seu primo órfão, Stephen Elliott, e uma maior ainda que teria se voluntariado para fazer dele um morador de Aswarby Hall.

O que quer que tenha sido esperado pela vizinhança, era certo que o sr. Abney — alto, magro e austero — estava inclinado a dar a seu jovem primo uma recepção cordial. No momento em que a porta da frente foi aberta, ele saiu de seu escritório, esfregando as mãos com deleite.

— Como você está, meu rapaz?... Como você está? Quantos anos você tem? — disse ele. — Quero dizer, espero que não esteja muito cansado de sua jornada para jantar...

— Não, obrigado, senhor — disse mestre Elliott. — Estou muito bem.

— Bom rapaz — disse o sr. Abney. — E quantos anos você tem, meu rapaz?

Parecia um pouco estranho que ele tivesse feito a pergunta duas vezes nos dois primeiros minutos em que se conheceram.

— Terei doze anos no próximo aniversário — disse Stephen.

— E quando é seu aniversário, meu querido menino? Onze de setembro, não? Certo, quase um ano até lá, não é? Eu gosto... hã... gosto de registrar estas coisas em meu livro. Tem certeza de que são doze? Certo?

— Sim, com certeza, senhor.

— Ora, ora, ora! Leve-o ao quarto da sra. Bunch, Parkes, e sirva um chá... seja qual for.

— Sim, senhor — respondeu o sr. Parkes, e conduziu Stephen para o cômodo indicado.

A sra. Bunch era a pessoa mais confortável e humana que Stephen tinha encontrado até o momento em Aswarby. Ela o fez se sentir completamente em casa; tonaram-se grandes amigos em um quarto de hora: e grandes amigos continuaram sendo. A sra. Bunch havia nascido no bairro uns cinquenta e cinco anos antes da data da chegada de Stephen, e morava na residência de Aswarby havia vinte anos. Consequentemente, se alguém conhecia os interiores e exteriores da casa e do distrito, era a sra. Bunch; e ela não hesitava, de forma alguma, em repassar suas informações.

Certamente havia muitas coisas sobre a casa e os jardins que Stephen, que era aventureiro e curioso, estava ansioso para conhecer. "Quem construiu o templo no final do passeio? Quem era o velho cuja foto está pendurada na escada, sentado à mesa, segurando um crânio?" Estes e muitos pontos semelhantes foram esclarecidos pelos recursos do poderoso intelecto da sra. Bunch. Em outros casos, porém, as explicações fornecidas foram menos satisfatórias.

Numa noite de novembro, Stephen estava sentado à lareira no quarto da governanta, refletindo sobre tudo à sua volta.

— O sr. Abney é um bom homem e irá para o céu? — perguntou ele repentinamente, com a peculiar confiança que as crianças possuem na capacidade de seus anciãos em resolver estas questões, cuja decisão normalmente se acredita estar reservada a outros tribunais.

— Bom? Minha criança! — disse a sra. Bunch. — O patrão é a alma mais bondosa que eu já vi! Nunca lhe contei do garotinho da rua que ele acolheu há sete anos? E da garotinha, dois anos depois que cheguei aqui...

— Não. Conte-me tudo sobre eles, sra. Bunch, agora, neste minuto!

— Bem — disse a sra. Bunch —, da garotinha não me lembro muito. Sei que um dia o mestre a trouxe de volta com ele de sua caminhada, e deu ordens à sra. Ellis, que era a governanta então, de que deveria ser tratada com todo o cuidado. E a pobre criança não tinha ninguém

— ela mesma me disse —, e aqui viveu conosco por três semanas; e então, se ela tinha sangue cigano ou não, uma manhã saiu de sua cama antes que qualquer um de nós tivesse aberto o olho, e nenhum rastro ou um vestígio dela encontrei mais. O patrão procurou em todo lugar e chegou a drenar todas as lagoas; mas é minha convicção que ela foi levada pelos ciganos, pois eles haviam cantado ao redor da casa até tarde da noite, e Parkes declarou que os ouviu chamando na floresta toda aquela tarde. Coitadinha! Uma criança bobinha ela era, tão silenciosa em seus modos; cheguei a me afeiçoar de tão comportada que era... surpreendentemente.

— E quanto ao menino? — disse Stephen.

— Ah, aquele pobre menino! — suspirou a sra. Bunch. — Ele era um estrangeiro... Jevanny, chamava-se... e apareceu tocando sua sanfona num dia de inverno. O patrão se encantou com ele no mesmo minuto, perguntou tudo sobre a sua origem, quantos anos tinha, como ele tinha chegado até aqui, onde estavam seus parentes; tudo tão amavelmente quanto o coração poderia desejar. Mas foi da mesma forma com ele. Eles são um bando de caçadores, as nações estrangeiras, suponho, e ele foi embora uma bela manhã, exatamente como a garota. Nos perguntamos por quase um ano por que ele foi embora e o que fez da vida; nunca voltou para pegar sua sanfona, ela está lá na prateleira.

O restante da noite foi preenchida por Stephen fazendo diversas perguntas para a sra. Bunch e com esforços para extrair uma melodia da sanfona.

Naquela noite, ele teve um sonho curioso. No fim da passagem no topo da casa, onde seu quarto estava situado, havia um antigo banheiro fora de uso. Era mantido trancado, mas a metade superior da porta era envidraçada, e, como as cortinas em musseline que costumavam ficar penduradas ali já não existiam fazia muito tempo, era possível olhar para dentro e ver a banheira de chumbo afixada na parede à direita, com sua ponta voltada para a janela.

Na noite à qual me refiro, Stephen Elliott se viu, como ele pensava, olhando através da porta envidraçada. A lua brilhava pela janela, e ele olhava para uma forma que estava dentro da banheira.

A descrição do que viu me lembra o que eu um dia vi nos famosos cofres da igreja de St. Michan em Dublin, que possui a horrível característica de preservar cadáveres em decadência por séculos. Uma forma inexpressivamente fina e patética, de uma cor de chumbo empoeirada, envolta em uma capa, os lábios finos tortos em um sorriso tênue e terrível, as mãos pressionadas firmemente sobre a região do coração.

Ao olhar para Stephen, um gemido distante, quase inaudível, parecia sair de seus lábios, e os braços começaram a agitar-se. O terror da visão forçou Stephen a recuar e ele despertou percebendo que estava de fato de pé no chão frio da passagem, à luz total da lua. Com uma coragem que acredito não ser comum entre garotos de sua idade, foi até a porta do banheiro para verificar se a figura de seus sonhos estava realmente lá. Não estava, e ele voltou para a cama.

A sra. Bunch ficou muito impressionada na manhã seguinte com sua história, e chegou ao ponto de substituir a cortina sobre a porta envidraçada do banheiro. Além disso, o sr. Abney, a quem ele confidenciou suas experiências no café da manhã, estava muito interessado e fez anotações sobre o assunto no que ele chamava de "livro pessoal".

O equinócio da primavera estava se aproximando, como o sr. Abney lembrava frequentemente a seu primo, acrescentando que aquele sempre fora considerado pelos antigos um momento crítico para os jovens: que Stephen faria bem em cuidar de si mesmo e fechar a janela de seu quarto à noite; e que Censorino tinha observações valiosas sobre o assunto. Dois incidentes ocorridos nessa época impressionaram a mente de Stephen.

O primeiro foi depois de uma noite invulgarmente desconfortável e opressora que ele havia passado — embora não pudesse se lembrar de nenhum sonho em particular que tivesse tido.

Na noite seguinte, a sra. Bunch estava se ocupando em remendar sua camisa de dormir.

— Valha-me Deus, patrão Stephen! — reclamou ela. — Como você consegue deixar sua camisa de dormir desta maneira? Olhe aqui, senhor, que trabalho você dá aos pobres criados que têm que remendar e coser.

Havia de fato uma série de fendas e furos no vestuário que, sem dúvida, exigiria uma agulha hábil para consertar. Eles estavam concentrados do lado esquerdo do peito, com fendas paralelas de cerca de quinze centímetros de comprimento, algumas não perfurando por completo a textura do linho. Stephen só podia expressar toda sua ignorância sobre sua origem: tinha certeza de que não estavam lá na noite anterior.

— Mas — disse ele —, sra. Bunch, são iguais aos arranhões na parte externa da porta do meu quarto, e tenho certeza de que nunca tive nada a ver com eles.

A sra. Bunch olhou para ele de boca aberta, depois pegou uma vela, partiu apressadamente da sala e subiu as escadas. Em poucos minutos ela desceu.

— Bem — disse ela, —, patrão Stephen, é curioso como essas marcas e arranhões podem ter ido parar tão alto que nem um gato ou um cachorro poderia ter feito, muito menos um rato: idênticas às unhas de um chinês, como meu tio que trabalhava no comércio do chá costumava nos dizer quando éramos crianças. Eu não diria nada ao patrão, não se eu fosse você, patrão Stephen, meu querido; basta girar a chave da porta quando você for para a cama.

— Eu sempre faço isso, sra. Bunch, assim que eu rezo.

— Ah, isso é um bom menino: sempre faça suas orações, e então ninguém poderá lhe fazer mal.

Depois disso, a sra. Bunch continuou a remendar a camisa, parando às vezes para fazer breves reflexões, até a hora de dormir.

Isto foi em uma sexta-feira à noite, em março de 1812.

Na noite seguinte, o dueto habitual de Stephen e sra. Bunch aumentou com a chegada repentina do sr. Parkes, o mordomo, que, em geral, se mantinha mais reservado. Ele não viu que Stephen estava lá: estava, além disso, nervoso e com a fala mais lenta do que de costume.

— O patrão pode ir buscar seu próprio vinho à noite, se quiser. — Foi sua primeira observação. — Ou o pego durante o dia ou não tenho como, sra. Bunch. Não sei o que pode ser: provavelmente são os ratos, ou o vento entrando nas adegas; mas não sou tão jovem como era, e não posso continuar fazendo isso.

— Bem, sr. Parkes, você sabe que é um lugar surpreendente para os ratos, a casa.

— Não estou negando, sra. Bunch; e, para ter certeza, muitas vezes ouvi a história dos homens nos estaleiros sobre o rato que podia falar. Eu nunca confiei nisso antes; mas esta noite, se eu tivesse me agachado e colocado o ouvido rente à lixeira, poderia praticamente ter ouvido o que eles estavam dizendo.

— Ah, sr. Parkes, não tenho paciência com suas fantasias! Ratos falando na adega!...

— Bem, sra. Bunch, eu não quero discutir com você: tudo o que eu digo é, se você for até a lixeira e encostar sua orelha, irá comprovar minhas palavras neste instante.

— Que bobagem, sr. Parkes... não é apropriado para as crianças ouvirem! Você vai assustar o patrão Stephen assim, fora do seu juízo.

— O quê? Patrão Stephen? — disse Parkes, despertando para a consciência da presença do menino. — O patrão Stephen sabe muito bem quando estou brincando, sra. Bunch.

Na verdade, o patrão Stephen sabia bem demais para supor que o sr. Parkes estava fazendo uma piada. Ele ficou interessado na situação, mas todas as suas perguntas foram malsucedidas ao tentar induzir o mordomo a dar qualquer relato mais detalhado de suas experiências na adega.

Chegamos agora a 24 de março de 1812. Foi um dia de experiências curiosas para Stephen: um dia de ventania e barulho, que encheu a casa e os jardins de uma impressão inquieta. Enquanto Stephen ficava ao lado da cerca do terreno e olhava para o parque, sentia como se uma procissão interminável de pessoas invisíveis passasse por ele junto com o vento, carregada de forma perturbada e aleatória, esforçando-se em vão para se deter, para agarrar em algo que pudesse impedir seu voo e colocá-la novamente em contato com o mundo dos vivos, do qual tinha feito parte. Depois do almoço daquele dia, o sr. Abney perguntou:

— Stephen, meu rapaz, poderia vir até mim esta noite, às onze horas, em meu escritório? Estarei ocupado até lá, e desejo mostrar-lhe algo relacionado com sua vida futura, que é muito importante que você saiba. Você não deve mencionar este assunto à sra. Bunch nem a ninguém mais em casa; e é melhor ir para o seu quarto no horário de costume.

Aqui estava uma nova excitação acrescentada à vida: Stephen avidamente agarrou a oportunidade de ficar acordado até as onze horas. Ele olhou para a porta da biblioteca a caminho do andar de cima naquela noite e viu um braseiro, que havia notado com frequência no canto da sala, aceso; um velho copo dourado estava sobre a mesa, cheio de vinho tinto, e algumas folhas de papel escritas estavam perto dele. O sr. Abney estava aspergindo algum incenso no braseiro de uma caixa redonda de prata quando Stephen passou, mas não pareceu notá-lo.

O vento havia diminuído, e fazia uma noite calma de lua cheia. Por volta das dez horas, Stephen estava de pé em frente à janela aberta de seu quarto, olhando para o campo. No silêncio da noite, a misteriosa população do bosque distante, iluminado pela lua, estava acordada. De tempos em tempos, estranhos gritos de andarilhos soavam do outro lado do parque. Poderiam ser as notas de corujas ou aves aquáticas, mas não se assemelhavam muito a nenhum dos sons. Estavam chegando mais perto? Agora soavam do lado mais próximo da água, e em poucos momentos pareciam estar flutuando entre os arbustos. Logo pararam, mas, quando Stephen estava pensando em fechar a janela e retomar sua leitura de Robinson Crusoé, viu duas figuras de pé no terraço ao lado do jardim da casa — pareciam as formas de um menino e uma menina: estavam lado a lado, olhando para as janelas. Algo na forma da garota lembrou irresistivelmente seu sonho com a figura no banheiro. O menino lhe dava um medo mais agudo.

Enquanto a menina ficava parada, meio sorridente, com as mãos juntas sobre o coração, o menino, de forma fina, com cabelos pretos e roupas esfarrapadas, levantava os braços no ar com uma aparência faminta e desolada. A lua brilhava sobre suas mãos quase transparentes, e Stephen viu que as unhas eram muito compridas, e que a luz brilhava através delas. Ali parado, com os braços levantados, era um espetáculo aterrador de se observar. No lado esquerdo de seu peito havia um rasgo negro; passou pela mente de Stephen, em vez de pelas orelhas, a impressão de um daqueles gritos famintos e desolados que ele havia ouvido ressoar sobre o bosque de Aswarby durante toda a noite. No momento seguinte, esta dupla horrível tinha se movido rápida e silenciosamente sobre o cascalho seco, e ele não os via mais.

Inexplicavelmente assustado como estava, decidiu pegar sua vela e descer ao escritório do sr. Abney, pois a hora marcada para a reunião deles estava próxima. O escritório/biblioteca ficava na lateral, próximo à frente da casa, e Stephen, movido por seus terrores, não demorou muito para chegar até lá. Anunciar sua entrada não foi tão fácil. A porta não estava trancada, ele tinha certeza, pois a chave estava do lado de fora, como de costume. Suas batidas repetidas não produziram nenhuma resposta. O sr. Abney estava ocupado: ele estava falando. Por que tentou gritar? E por que o grito estava preso em sua garganta? Será que ele também tinha visto as crianças misteriosas? Mas agora tudo estava calmo, e a porta cedeu ao empurrão apavorado e frenético de Stephen.

Na mesa do escritório do sr. Abney estavam alguns documentos, que explicariam a situação a Stephen Elliott no momento em que ele tivesse idade para compreendê-los. As partes mais importantes eram as seguintes:

"Uma crença muito forte e geralmente mantida pelos antigos — com cuja sabedoria nestes assuntos eu tive tal contato e experiência que fui induzido a depositar confiança em suas afirmações — era que, ao executar certos processos, que para nós, modernos, têm um toque de barbaridade, um esclarecimento muito notável das faculdades espirituais do homem pode ser alcançado: por exemplo, ao absorver as personalidades de um certo número de seus semelhantes, um indivíduo pode ganhar uma ascendência completa sobre aquelas ordens de seres espirituais que controlam as forças elementares de nosso universo.

"Está registrado por Simon Magus que ele foi capaz de voar no ar, de se tornar invisível ou de assumir qualquer forma que lhe agradasse, devido à alma de um menino que, para usar a frase caluniosa empregada pelo autor de *Clementine Recognitions*, ele tinha 'assassinado'. Acredito, estabelecido com considerável detalhe nos escritos de Hermes Trismegisto, que resultados similares podem ser produzidos pela absorção dos corações de não menos de três seres humanos com menos de vinte e um anos. Dediquei a maior parte dos últimos vinte anos para testar a veracidade desta crença, selecionando como *corpora vilia* da minha experiência as pessoas que poderiam ser convenientemente removidas sem ocasionar uma lacuna sensata na sociedade. O primeiro passo realizei com a remoção de Phoebe Stanley, uma menina cigana, em 24 de março de 1792. O segundo, com a remoção de um garoto italiano errante, chamado Giovanni Paoli, na noite de 23 de março de 1805. A 'vítima' final — para empregar uma palavra repugnante no mais alto grau de meus sentimentos — deve ser meu primo, Stephen Elliott. Seu dia será 24 de março de 1812.

"O melhor meio de efetuar a absorção necessária é remover o coração do sujeito vivo, reduzi-lo a cinzas e misturá-lo com cerca de um litro de vinho tinto, de preferência vinho do Porto. Os restos mortais dos dois primeiros, pelo menos, serão bem escondidos: um banheiro fora de uso ou uma adega de vinho serão convenientes para tal fim. Alguns aborrecimentos podem ser experimentados a partir da parte psíquica dos sujeitos, que a linguagem popular dignifica com o nome de fantasmas. Mas um homem de temperamento filosófico — apenas a quem o experimento é apropriado — será pouco propenso a dar importância aos débeis esforços desses seres para lhe causar vingança. Contemplo com a mais viva satisfação a existência ampliada e emancipada que a experiência, se bem-sucedida, me conferirá; não apenas me colocando fora do alcance da justiça humana (assim chamada), mas eliminando em grande parte a perspectiva da própria morte."

O sr. Abney foi encontrado em sua cadeira, sua cabeça estava jogada para trás, seu rosto estampado com uma expressão de raiva, susto e dor mortal. Em seu lado esquerdo havia uma terrível ferida lacerada expondo o coração. Não havia sangue em suas mãos, e uma longa faca que se encontrava sobre a mesa estava perfeitamente limpa. Um gato selvagem poderia ser o culpado por tais ferimentos. A janela do escritório estava aberta, e foi da opinião do médico-legista que o sr. Abney havia encontrado sua morte pelas mãos de alguma criatura selvagem. Mas o estudo de Stephen Elliott sobre os documentos que citei o levou a uma conclusão muito diferente.